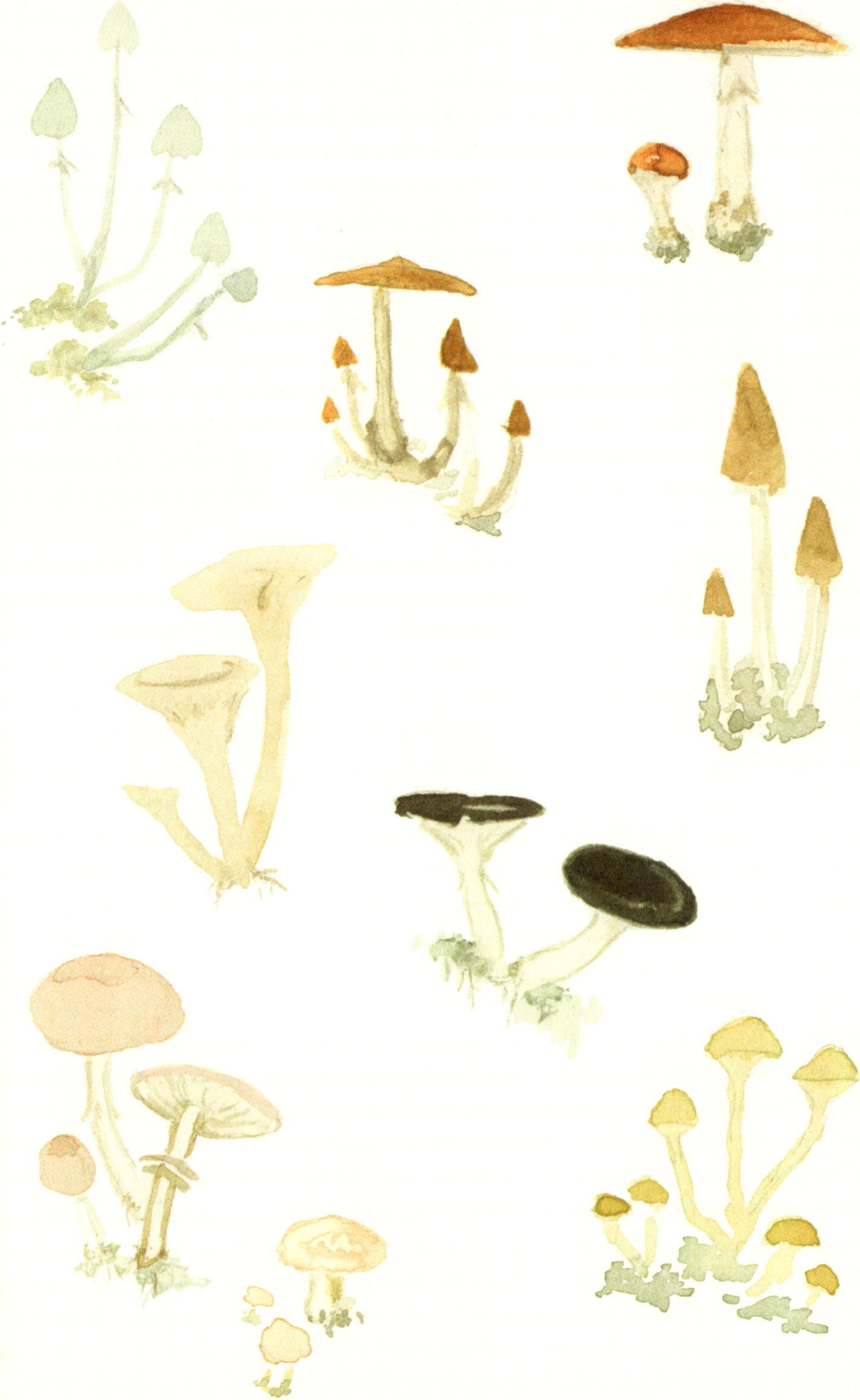

DARKLOVE.

SNOW & ROSE
Copyright © Emily Winfield Martin, 2017

Todos os direitos reservados, incluindo o direito de reprodução total ou parcial.

Publicado mediante acordo com a Random House Children's Books, uma divisão da Penguin Random House.

Tradução para a língua portuguesa © Viviane Diniz, 2024

Diretor Editorial
Christiano Menezes

Diretor de Novos Negócios
Chico de Assis

Diretor de Planejamento
Marcel Souto Maior

Diretor Comercial
Gilberto Capelo

Diretora de Estratégia Editorial
Raquel Moritz

Gerente de Marca
Arthur Moraes

Gerente Editorial
Marcia Heloisa

Editora
Nilsen Silva

Adap. de Capa e Miolo
Retina 78

Coordenador de Diagramação
Sergio Chaves

Designer Assistente
Jefferson Cortinove

Preparação
Lúcia Maier

Revisão
Carolina Pontes
Fernanda Marão
Maria Sylvia Correa

Finalização
Roberto Geronimo
Sandro Tagliamento

Marketing Estratégico
Ag. Mandíbula

Impressão e Acabamento
Braspor

DADOS INTERNACIONAIS DE CATALOGAÇÃO NA PUBLICAÇÃO (CIP)
Jéssica de Oliveira Molinari CRB-8/9852

Martin, Emily Winfield
No coração da floresta / Emily Winfield Martin ; tradução de Viviane Diniz. — Rio de Janeiro : DarkSide Books, 2024.
208 p.

ISBN: 978-65-5598-360-9
Título original: Snow & Rose

1. Ficção norte-americana 2. Contos de fadas
I. Título II. Diniz, Viviane

24-0342   CDD 813

Índice para catálogo sistemático:
1. Ficção norte-americana

[2024, 2025]
Todos os direitos desta edição reservados à
DarkSide® *Entretenimento* LTDA.
Rua General Roca, 935/504 — Tijuca
20521-071 — Rio de Janeiro — RJ — Brasil
www.darksidebooks.com

no Coração da Floresta

Escrito e ilustrado por

EMILY WINFIELD MARTIN

Tradução
Viviane Diniz

DARKSIDE

EWM

*Para a minha mãe,
que me chamava de
Rosa Vermelha.*

Sumário

1. Neve e Rosa .09
   O que as árvores viram .23
2. O coração da floresta .24
3. Lobos! .35
4. Uma biblioteca curiosa .42
5. O garoto dos cogumelos .52
6. Provisões .64
7. O Homenzinho .71
   O que as árvores sabiam .80
8. O urso .81
9. Uma festa de aniversário .94
10. O monstro do rio .104
11. Coisas com dentes .112
12. Um banquete na Casa Subterrânea .119
13. O que Ivo encontrou .131
    O que preocupava as árvores .138
14. A fera e os bandidos .139
15. Aqueles que desapareceram .149
16. Desbravando a primavera .157
17. Aventureiras .166
18. Terrível eu sou .180
19. A volta do urso .188

CAPÍTULO 1

Neve e Rosa

Era uma vez duas irmãs. Rosa tinha cabelos como fios de seda preta, bochechas como duas pétalas vermelhas e uma voz às vezes suave, às vezes dura de se ouvir. Neve tinha cabelos como a penugem do cisne branco, olhos da cor do céu de inverno e uma risada repentina e ruidosa.

Elas moravam em uma cabana na floresta, mas nem sempre tinha sido assim.

"Me conte uma história", pediu Neve no escuro, inquieta e completamente desperta em sua cama.

"Você vai acordar a mamãe", murmurou Rosa. "Volte a dormir."

Neve se sentou, fazendo a cama ranger.

"Rosa?", chamou ela, um sussurro na escuridão. "Por favor!"

O quarto delas ficava no sótão, coberto por um teto pontiagudo, acima da lareira e da cozinha. De um lado, ficavam as camas das irmãs. Do outro, a da mãe. Rosa espiou pela fresta da cortina desbotada, que transformava o pequeno cômodo em dois minúsculos quartinhos. A tênue luz azul que entrava pela janela deixava entrever a curva lateral do corpo da mãe, subindo e descendo.

Rosa suspirou.

"Está bem, mas eu vou até aí."

Então se ouviu o riscar de um fósforo seguido de passos suaves na ponta dos pés. Rosa tinha acendido a vela de cera de abelha que ficava entre as camas das meninas e passara para o lado da irmã. Ela entrou embaixo das cobertas da cama onde Neve dormia.

"Seus pés estão gelados", sussurrou Neve.

Rosa levou os joelhos contra o peito.

"Que história você quer ouvir?", perguntou Rosa, o cabelo escuro cintilando com reflexos vermelhos e dourados à luz da vela. "Aquela da lâmpada mágica?"

"Não", disse Neve, cobrindo os ombros com as cobertas. Então sorriu, o cabelo claro bagunçado espalhado no travesseiro.

"A sereia e o macaco?", sugeriu Rosa.

"Não", sussurrou Neve, impaciente. "Essa, não."

"Ou o conto de fadas sobre..."

"Não, nada de contos de fadas." Neve puxou suavemente a manga da camisola de Rosa. "Conte a nossa história."

Dando outro suspiro, Rosa começou.

"Era uma vez", sussurrou Rosa com sua melhor voz de contadora de histórias, "duas garotas, uma de cabelos pretos

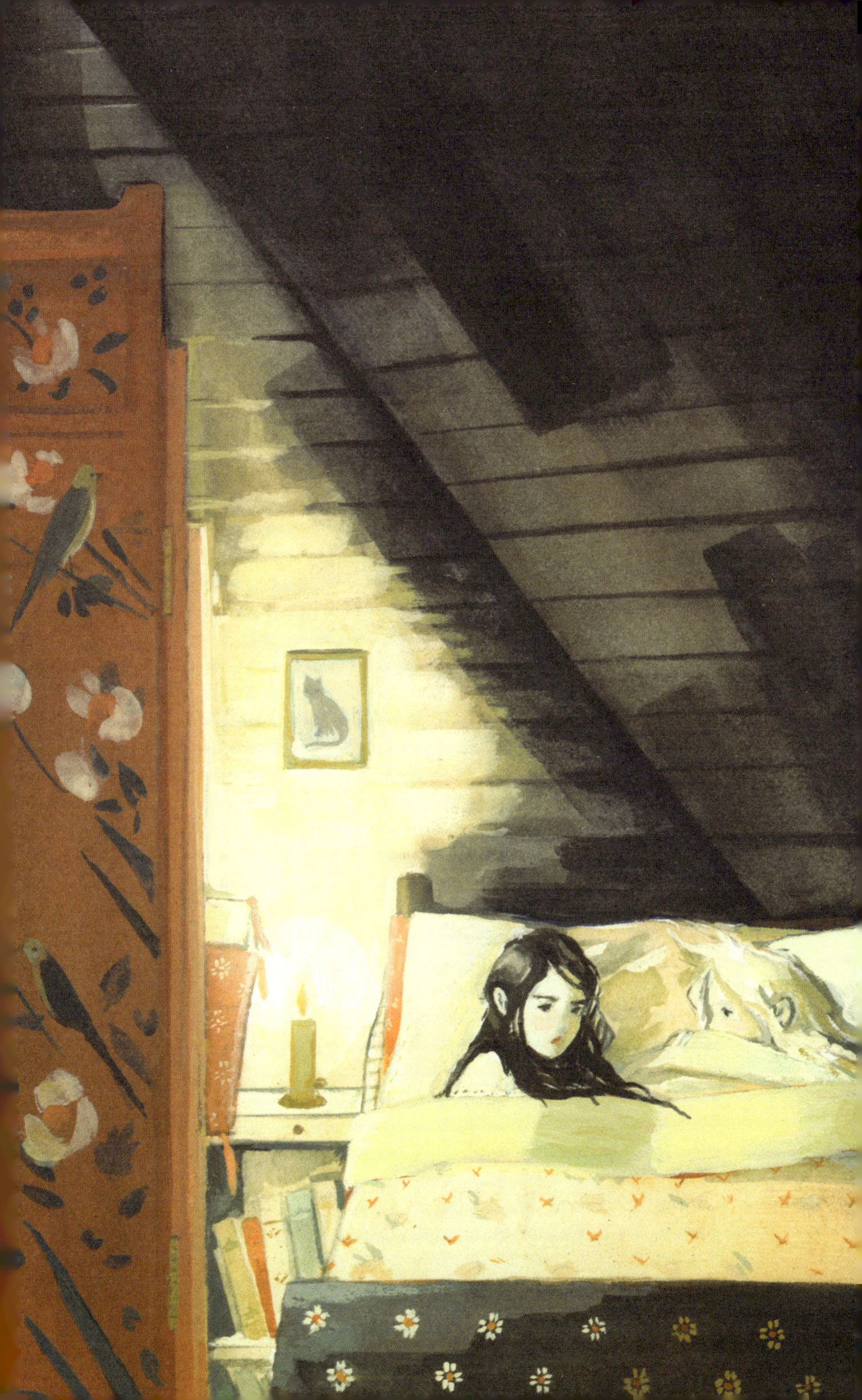

e outra de cabelos brancos. O pai delas era um nobre, tão alto e forte quanto gentil e bondoso. A mãe das meninas vinha de uma família simples, mas tinha uma beleza rara e delicada, como..."

"Como um gato siamês", contribuiu Neve.

"Sim, como um gato siamês", continuou Rosa, baixinho. "A mãe delas era pintora e escultora e adorava acordar as coisas que dizia estarem adormecidas em grandes blocos de mármore. Suas estátuas adornavam o jardim de esculturas. E o pai das meninas adorava construir lugares que não existiam até que ele os imaginasse. Ele adorava ler sobre todas as coisas que outras pessoas tinham imaginado e construído, por isso tinha uma biblioteca com prateleiras que iam até o teto.

"A mãe e o pai das meninas também se amavam, é claro, um amor maior do que o que sentiam pelos livros ou esculturas. Mas, ainda mais do que qualquer outra coisa, eles amavam as duas filhas.

"Como o amor é algo que não se pode ver, a mãe e o pai tentaram ao máximo tornar visível o que era invisível. Então, quando as meninas ainda eram muito pequenas, seus pais mandaram construir um jardim espetacular, uma maravilha que as pessoas viajariam de muito longe só para conhecer. Esse jardim ocupava toda a extensão da casa e era como nenhum outro que já existiu ou viria a existir.

"Metade dele era coberto de flores brancas de todos os tipos. Sinos pálidos e delicados de lírio-do-vale, espirais de dedaleiras cor de baunilha com o miolo salpicado, trepadeiras de dama-da-noite e anêmonas vívidas, da menor margarida branca a dálias de marfim do tamanho de pratos. E..."

"E era conhecido como Jardim da Neve", interrompeu Neve.

"E era conhecido como Jardim da Neve", Rosa repetiu com um sorriso triste. "E a outra metade florescia apenas em vermelho. Papoulas rubi, amores-perfeitos escarlates, bocas-de-leão cor de vinho e fisális cor de fogo. E dezenas e mais dezenas de rosas, cada uma com centenas de pétalas vermelhas…"

Nesse momento Rosa parou de falar. Sabia que ouvir essa história deixava Neve feliz, ou a irmã não pediria para ouvi-la de novo o tempo todo. Mas, ao contá-la, Rosa sentia um vazio que crescia a cada palavra.

Rosa sabia que a irmã era o tipo de pessoa que gostava de ver, ouvir ou provar repetidamente algo que adorava, para se lembrar de que era real. Rosa era diferente. Preferia preservar o que amava o máximo possível. Queria mantê-lo especial e seguro, por medo de que pudesse se desgastar. Ou pior, que escapasse como areia ou açúcar, escorrendo por entre os dedos.

"Você conhece muitas palavras para *vermelho*", Neve sussurrou de olhos fechados. "Agora fale dos cisnes."

Rosa olhou o rosto da irmã, uma lua pálida e contente em meio à escuridão.

Então respirou fundo e puxou o cobertor até o peito. E continuou a contar a história como a irmã queria, a voz o mais baixa possível, tão baixa que mal dava para ouvir.

"E no meio do Jardim da Neve e do Jardim da Rosa havia uma lagoa rodeada de salgueiros, e dois cisnes, um branco com o bico dourado-escuro, e o outro preto com o bico vermelho-vivo, que traçavam círculos na água.

"Assim era o lar onde as meninas nasceram e cresceram. Ali elas tinham armários com dezenas de lindos vestidos, e suas bonecas de porcelana vestiam tantas coisas lindas que precisavam de armários próprios. Era ali que tinham suas aulas, encenavam peças e tomavam chá junto de seu gato chamado Gengibre. E, quando brincavam de esconde-esconde, Neve sempre se escondia no jardim das esculturas, e Rosa na biblioteca, então não era uma brincadeira tão boa assim..."

Rosa verificou se Neve estava acordada. As pálpebras da irmã se agitaram, mas ela não pareceu notar que a história havia parado.

Rosa continuou, a voz ainda mais suave do que antes, tão baixa quanto um suspiro.

"E, à noite, elas eram colocadas para dormir em grandes camas de bronze forjado na forma de flores e pássaros, e onde seu pai lia até as duas pegarem no sono ou lhes contava histórias sobre lâmpadas maravilhosas, dragões e lugares distantes..."

Então Rosa afastou devagarinho os cobertores quentes para sair da cama e aninhou-os em torno dos ombros de Neve.

"Enquanto a mãe delas apagava as luzes, o pai dizia: 'Agora durma, minha primeira e única Neve. Agora durma, minha primeira e única Rosa.'"

Rosa voltou para a própria cama e apagou a vela.

"*Fim.*"

⚹ ⚹ ⚹

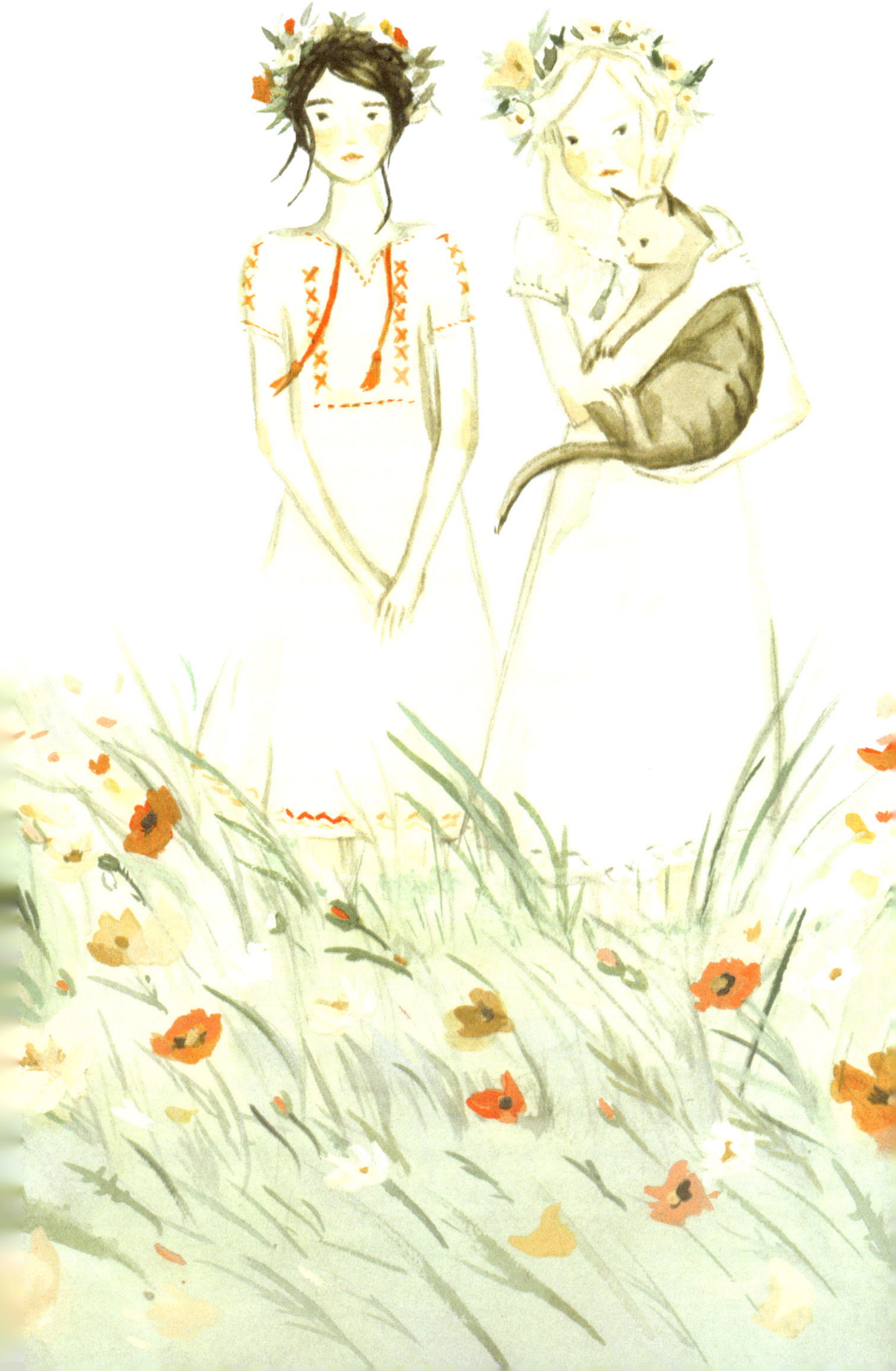

Mas esse não era *realmente* o fim.

    Havia mais, mas não era o tipo de história que alguém quisesse contar, muito menos chamar de sua história, porque era cheia de lágrimas, cavalos que não falam, pais que nunca voltam para casa e perguntas sem respostas.

    A versão mais simples era a seguinte: o pai delas partira um dia para a floresta e nunca mais voltara. Seu cavalo voltara sozinho, a única testemunha do que acontecera. Quando a mãe delas abriu a bolsa pendurada no cavalo e espalhou o conteúdo pelo chão, as coisas do pai pareciam intocadas. Os livros, o cachimbo e o tabaco, e até mesmo uma nota de dinheiro estavam lá. Só faltavam três coisas: um relógio, um cobertor e uma faca.

    Mas nada daquilo era uma pista. Essas coisas podiam estar com ele, onde quer que ele estivesse. E as meninas torciam para que ele estivesse em algum lugar, em qualquer lugar. Ele voltaria para casa e chegaria com uma história incrível para contar. Sim, ele voltaria.

    Mas um dia depois que o cavalo voltou sozinho para casa, as irmãs ouviram um cochicho na cozinha. Neve e Rosa ficaram escondidas em um cantinho, sem dar um pio, enquanto as cozinheiras especulavam:

    "Ele pode ter sido morto por uma dezena de coisas diferentes. Por animais selvagens, por magias antigas, pela Ameaça da Floresta ou pelos Bandidos da Terra de Ninguém... Tantas coisas que as pobres senhoritas nunca vão saber..."

    Todos os sussurros que preenchiam o ar naquela casa diziam a mesma coisa. Se a floresta era um lugar de coisas selvagens, seu fim deve ter sido selvagem.

Ainda assim, por dias, elas esperaram. Rosa e Neve vagaram pelos corredores ressonantes da casa onde moravam, sempre na esperança de vê-lo entrar ou ouvir sua voz. Era difícil acreditar que uma pessoa em um momento podia estar ali e de repente não estar mais, *nunca* mais. Então as irmãs esperaram, esperaram, sempre atentas a tudo. Só que, quanto mais os dias se passavam, mais aquela terrível e definitiva verdade se confirmava.

Por isso a mãe delas se trancou no quarto. Rosa se enfurnou na biblioteca e chorou até pegar no sono na cadeira em que seu pai costumava se sentar quando liam juntos. Ela adormeceu desejando que a verdade fosse outra. Mas toda vez que despertava, a verdade era a mesma.

Neve não chorou. Não chorou porque a verdade em que todos os outros acreditavam *não* era a sua. Ela não acreditava que o pai tinha ido embora. Não importava quanto tempo passasse, ela insistia que ele voltaria. Rosa não conseguia dizer a Neve, ou *insistir* com ela, que às vezes a perda de alguém significa que a pessoa nunca mais vai ler para você, ou lhe dar boa-noite, ou abraçar você de novo.

As criadas tingiram alguns vestidos das meninas de preto, e as duas só usavam essas roupas, dia após dia. Pouco tempo depois que passaram a usar os vestidos pretos, o homem de rosto magro apareceu. E as irmãs o viram dizer à mãe que não podiam mais morar na casa com o Jardim da Neve e o Jardim da Rosa. Ele lhes disse que os jardins, a casa, os vestidos, a biblioteca, os criados e todo o restante pertenciam ao conselho das famílias nobres.

Neve chutou com toda a força a canela do homem de rosto magro, mas isso não mudou o que elas tinham de fazer.

Sendo assim, elas deixaram a casa e foram morar em uma cabana na floresta, a mesma floresta que havia roubado seu pai e marido, a mesma floresta sobre a qual as pessoas sussurravam histórias estranhas e assustadoras. Elas foram morar na floresta porque não tinham mais para onde ir.

E o final *daquela* história é o começo desta história.

Neve e Rosa não sabiam que estavam vivendo em um conto de fadas. Ninguém nunca sabe.

X X X

Elas se mudaram para a cabana quando a primavera começava a dar lugar ao verão. Neve, Rosa e a mãe levaram consigo apenas o suficiente para começar uma nova vida na floresta, incluindo Gengibre, que se contorcia nos braços de Neve. Para chegar na casa nova, bastava seguir a trilha que começava às margens da floresta, no alto da encosta. Não dava para se confundir porque só havia um caminho para atravessar a floresta. Não era bem uma estrada, mas uma trilha feita por marcas de pés, rodas e cascos.

A cabana era feita de pedra e madeira e ficava isolada na floresta. Pertencera ao tio-avô da mãe de Rosa e Neve, que a construíra quando era jovem, fazia muito tempo. A mãe das duas meninas o visitara na cabana quando era pequena demais para se lembrar, quando era conhecida como Edie em vez de Edith.

Neve e Rosa não sabiam da existência do lugar até que ele se tornou a casa delas e, àquela altura, a cabana estava vazia havia tanto tempo que as pedras do lado de fora estavam cobertas de musgo, e o interior estava repleto de poeira e teias de aranha. Ao chegarem, pararam assim que cruzaram a porta, e a mãe apertou de leve o ombro das filhas como quem diz: *Não posso fazer isso sozinha.*

Então, pela primeira vez na vida, as meninas tiveram de cuidar de uma casa. Elas limparam o galpão, pegaram água do poço, esfregaram a cabana do alto das paredes até as tábuas do piso e tiraram da lareira ninhos de pássaros há muito tempo abandonados. Ajudaram a mãe a rechear colchões para as três camas e a arrumar a despensa com os mantimentos que as cozinheiras tinham separado e elas levaram na carroça: sacos de farinha, de grãos, de café e de açúcar.

Tudo que restou da antiga vida coube em três baús. Quando elas terminaram de desempacotar os utensílios comuns do dia a dia, como roupas, panelas e colchas, e a mãe pendurou o retrato do pai na parede, Neve e Rosa encontraram sua caixa especial. Estava aninhada no fundo do último baú e continha os tesouros das meninas. Dentro dela, o violino de Neve, que ela colocou com todo o cuidado em uma prateleira ao lado da cama, sem saber se algum dia sentiria vontade de tocá-lo novamente. Os outros tesouros eram os presentes que o pai lhes trouxera de suas viagens: uma colcha de Bangladesh que fora costurada com dez mil pontos, um livro de histórias do Japão, um pequeno tapete turco e um elefante de bronze da África.

Com a cabana limpa e o conteúdo dos baús já desembrulhado, a família tratou de estabelecer uma rotina em um lugar desconhecido. Mas havia uma outra coisa que também era novidade para as meninas: a mãe delas nunca sorria. Ela não pintava mais, não esculpia, não fazia nada que costumava fazer. Só vagava pela casa como uma sonâmbula,

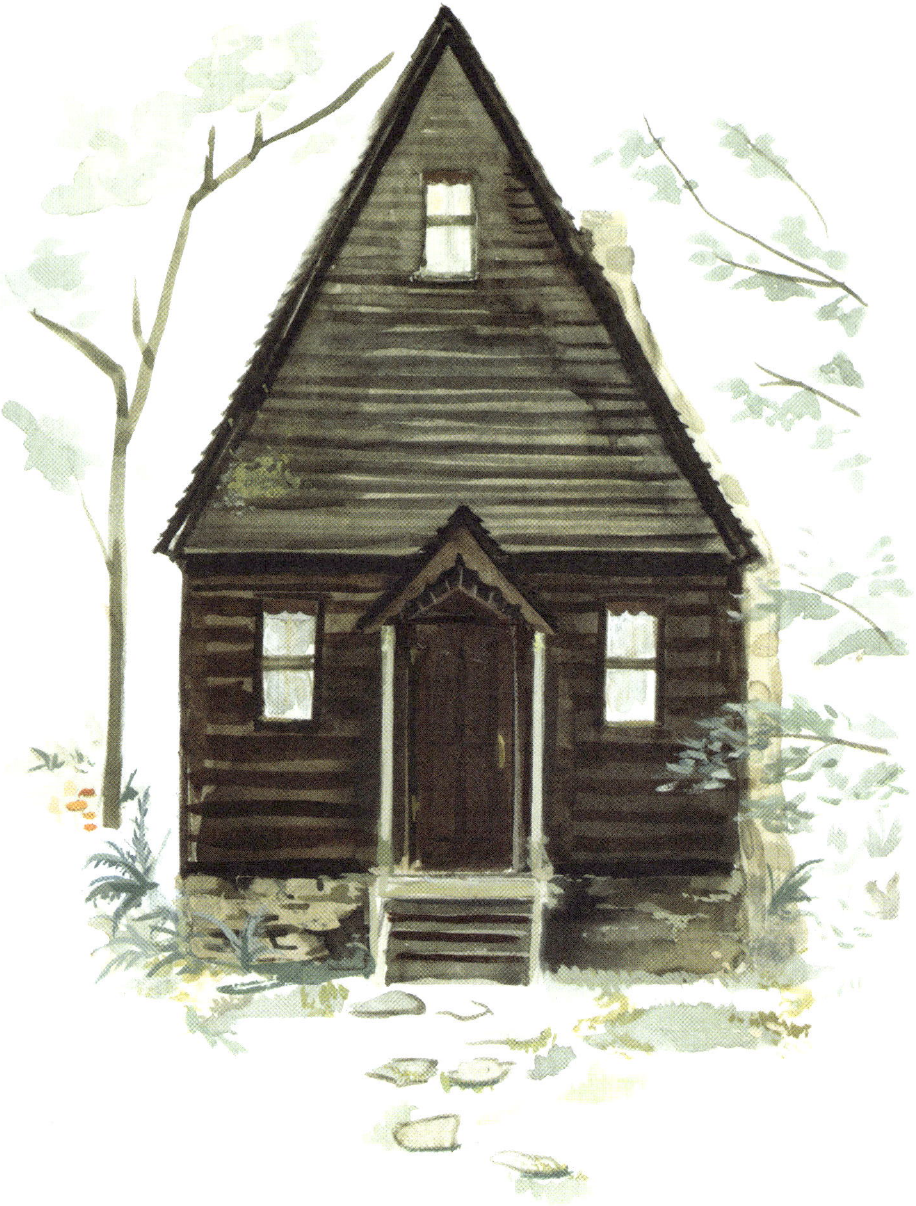

valendo-se de movimentos e conversas automáticos e distantes. Ela parecia mais sensível do que nunca e carregava o peso de sua tristeza, que ocupava um espaço enorme em uma casa tão pequena.

Sem saber o que fazer, Neve e Rosa acordavam, tomavam o café da manhã e saíam de casa. Neve andava pela trilha entre as árvores, ia além dos limites da floresta para observar sua antiga casa no vale.

Neve não escondia que não gostava da cabana. Não gostava do ensopado simples e rústico nem do pão duro e seco que comiam com ele. Não gostava das camas duras nem das correntes de ar que assobiavam pelas frestas das paredes à noite. Também não gostava quando Rosa dizia: "Vai melhorar". Como seria possível? A cabana era pequena e precária, e coisas precárias *não* melhoram.

Acima de tudo, Neve não gostava das pessoas que haviam se mudado para a casa antiga. Elas haviam roubado sua vida e seus jardins. Assim, durante toda a primavera, ela observou a casa, com Gengibre ao seu lado. Juntos, eles acompanhavam as idas e vindas dos invasores, como dois gatos famintos prontos para atacar presas desavisadas.

Enquanto Neve observava a antiga casa delas, fervilhando de raiva, Rosa se recostava a uma árvore com um livro ou saía para passear, sempre com uma bolsa a tiracolo. Tendo de conviver com a raiva de Neve e a tristeza da mãe, era difícil para Rosa manter o coração tranquilo, mas as caminhadas ajudavam. Enquanto registrava as flores e samambaias que cresciam aos seus pés, Rosa forçava os olhos para ver o que havia na floresta escura além da trilha, e, naqueles momentos, essa curiosidade abafava todo o resto. O caminho para a aldeia era claro e bastante utilizado. Mas, depois de tudo que haviam escutado, Rosa tinha o cuidado de não abandonar a trilha.

Às vezes, ela ia ao encontro de Neve na colina e lia em voz alta ao lado da irmã. Ou trançava flores silvestres, tentando suavizar a intensidade da raiva de Neve.

Na encosta da colina, onde ninguém podia ouvi-las, exceto Gengibre, as irmãs cochichavam entre si. Elas se perguntavam sobre os objetos do pai que estavam faltando quando o cavalo voltou sozinho. O que aquilo queria dizer, se era alguma pista, se os objetos ainda estavam em algum lugar na floresta. E se perguntavam como e por que a floresta poderia levar alguém.

Essas dúvidas lhes consumiam, mas tomavam formas diferentes em razão daquilo em que acreditavam. Rosa queria saber por que o pai havia sido levado, e Neve queria saber como recuperá-lo. Essas dúvidas envolviam coisas que elas não tinham como saber sobre aquele lugar que mudara a sorte delas uma vez e que a mudaria de novo.

O que as árvores viram

"Está acontecendo", disse a jovem com uma voz que soava como folhas farfalhando.
"Está", concordou a velha.

"Um homem tomba na escuridão
Duas crianças chegam
Cabelo escuro, cabelo claro
Como a luz na imensidão
A criança vai tombar
E a fera vai urrar
Sangue e ouro não vão reinar
Nunca mais neste lugar."

"Eu conheço a profecia", suspirou a velha.
"São as filhas dele, daquele que caiu. Daquele que sangrou nas folhas", afirmou a jovem. "Sim, são elas."
"É possível", sussurrou a velha, de onde estava escondida.
"São elas que vão acabar com tudo isso", falou a jovem.
"Mas, antes, uma delas vai cair."

CAPÍTULO 2

O coração da floresta

Em uma manhã de verão, quando o ar já estava quente, Rosa se decidiu. Neve não podia passar todos os dias observando a casa antiga. Embora Neve fosse dois anos mais nova, Rosa tinha vergonha de admitir que quase sentia medo da irmã. Rosa se imaginava como um arbusto bem aparado, e Neve estava mais para um espinheiro selvagem. Rosa ajeitou as tranças que lhe coroavam a cabeça enquanto descia pela trilha rumo ao sol brilhante que já lhe aquecia a pele às margens da floresta.

Rosa encontrou Neve na colina em meio a um mar de grama alta. Algumas pessoas demonstram que estão preocupadas pelos dentes cerrados ou pelos ombros tensos. A preocupação de Rosa ficava evidente em suas mãos, que a menina retorcia. Ela se aproximou e limpou a garganta.

"Neve."

A irmã virou-se, assustada.

No mesmo instante, Rosa viu um bando de cinco homens do outro lado da colina. Pareciam soldados decrépitos em trajes de cores opacas, as jaquetas surradas arrematadas por fileiras de botões metálicos. Estavam a algumas centenas de metros a oeste, as silhuetas escuras contra o prado. Suas vozes chegavam até elas no espaço aberto.

Neve puxou Rosa para onde ela e Gengibre estavam, meio escondidos na grama.

"O que foi?", perguntou Neve.

Rosa apontou a cabeça na direção do bando.

"O que você está *fazendo*?", sussurrou Rosa, erguendo as sobrancelhas. Então olhou para os homens, e de volta para a irmã, arregalando os olhos. "Aqueles são...?", perguntou ela, com a voz vacilando. Neve a encarou com um olhar sinistro e assentiu antes que Rosa pudesse terminar de falar. "Os Bandidos da Terra de Ninguém?"

"Estou de olho neles", murmurou Neve, afundando-se ainda mais na grama. "Você lembra o que as cozinheiras disseram. Quero saber o que eles andam fazendo na *nossa* colina."

"Bem", falou Rosa, "se eles não são de nenhum lugar, acho que podem estar em *qualquer lugar*."

Os bandidos caminhavam na direção delas. O coração de Rosa começou a bater mais rápido.

"Nós não deveríamos estar aqui."

Gengibre eriçou os pelos e sibilou alto, denunciando sua presença.

De repente, os homens ficaram em silêncio. O único som era o ruído das botas na grama, aproximando-se cada vez mais, até descobrirem as meninas.

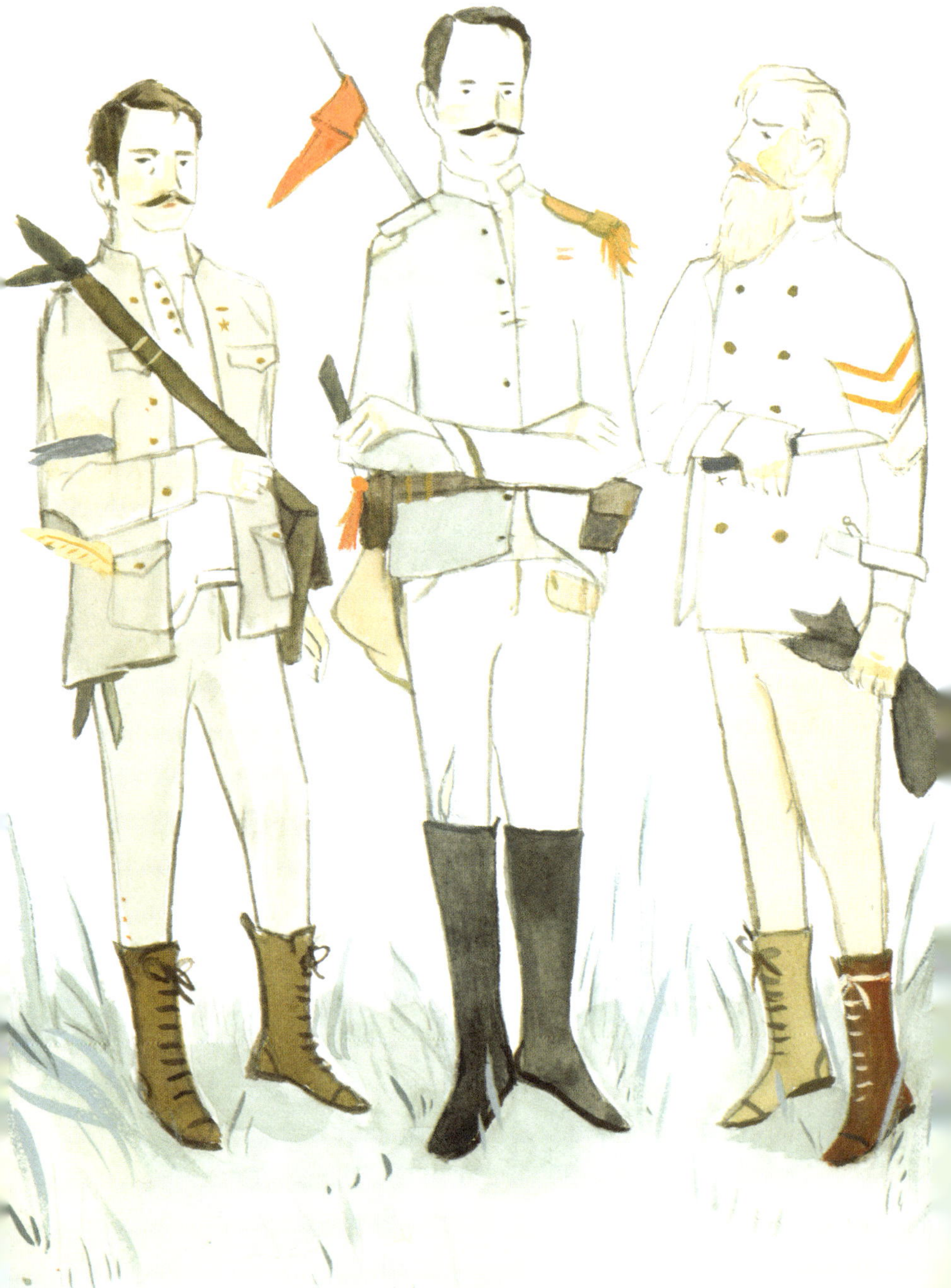

"O que é isso?", indagou um dos homens. "Duas garotinhas da cidade?"

As meninas congelaram em seu esconderijo. O gato sibilou de novo e disparou na direção da floresta.

"Elas devem estar longe de casa", disse outro homem, vestido com uma roupa cinza esfarrapada. Então olhou para a linda bolsa de Rosa, e para os sapatos finos e os delicados vestidos de seda das duas. "Estão longe de casa, senhoritas?"

"*Vocês* estão?", perguntou Neve, franzindo a testa.

Rosa olhou meio de lado para Neve, depois agarrou a mão dela. Rosa não acreditava em coisas impossíveis, mas acreditava em homens perigosos. Em seguida levantou-se de um salto, puxando Neve junto, e as duas saíram correndo.

Os homens foram atrás delas, dando passos tão largos com as botas altas que mal precisaram correr para diminuir a distância entre eles e as garotas. Os bandidos chegavam cada vez mais perto, seguindo as meninas pela trilha que serpenteava pela floresta.

As irmãs passavam por tudo que parecia familiar à beira da floresta, os bandidos bem ao encalço delas.

"Precisamos sair da trilha", disse Rosa, sem fôlego. Neve olhou para ela e assentiu.

As meninas fizeram uma curva e deixaram a trilha. Atravessaram depressa uma encosta cheia de louros-da-montanha de folhas escuras e entraram em um denso matagal, onde galhos lhes agarravam os ombros e samambaias lhes chicoteavam as pernas. O sol chegava até elas em raios cintilantes enquanto as folhas farfalhavam no alto.

As árvores foram levando as garotas mais para o interior da floresta. Seus galhos oscilantes acenavam como braços: *Por aqui*. E elas se distanciavam cada vez mais da trilha. Neve e Rosa caminhavam sem saber que algo as conduzia. A floresta é o lugar onde vivem coisas tão antigas quanto o mundo. Espíritos que habitam as árvores, escondidos da vista de todos, mas que veem tudo que acontece: as coisas pequenas e as grandes, as vidas e as mortes, as idas e vindas. E naquele momento as árvores observavam as duas garotas que haviam chegado.

As meninas diminuíram o passo. Neve e Rosa já não mais ouviam as vozes dos homens nem o barulho de botas pesadas. Os bandidos não haviam deixado a estrada, por causa de algo que quase ninguém sabia: eles temiam a mata fechada. Mais de uma vez, um irmão partira pela manhã e nunca mais voltara, arriscando-se ao perigo por uma promessa que o levava a se aventurar entre as árvores. Por isso os bandidos viviam à beira da floresta e atacavam estranhos, viajantes que tinham algo que valesse a pena tomar. Ali *eles* representavam o risco e o perigo. Os bandidos sabiam o que valia a pena, e raramente valia a pena se aventurar no coração da floresta.

x x x

As meninas pararam e ficaram ouvindo atentamente para ter certeza de que os homens tinham ido embora. Enquanto recuperavam o fôlego, viram o quanto tinham adentrado a floresta. Tudo à volta delas era frio e escuro, adornado por um tapete de musgo que se estendia à frente e por árvores desconhecidas que se erguiam ao redor. Mas elas não deram meia-volta. Tinham saído da trilha e não havia como mudar isso.

Rosa olhou com o ar mais sério que pôde para Neve.

"No que você estava *pensando*?"

"Talvez eles saibam alguma coisa sobre o papai", respondeu Neve, indignada.

"Talvez eles tenham *feito* algo com o papai!", disse Rosa. "E o que você acha que eles teriam feito conosco?"

No entanto, agora que os homens tinham ido embora, uma parte de Rosa estava feliz. Ela podia ver o que havia além da trilha bem marcada, e Neve estava ao seu lado. Então elas foram ainda mais longe, sem deixar pegadas no chão da floresta escura.

"Você quer voltar?", perguntou Rosa, sentindo uma pontada de preocupação.

Neve fez que não.

"Nem eu." Rosa esmagou a preocupação antes que pudesse crescer. Ela encontraria o caminho de volta quando chegasse a hora.

Neve apontou para a sombra de um pássaro, e as irmãs o observaram planar suave e graciosamente por entre a copa das árvores, passando de uma sombra a um pássaro pelo menos duas vezes maior que um melro comum. Do chão, elas podiam distinguir uma mancha branca em seu peito. De repente o pássaro mergulhou, voando tão baixo que suas asas roçaram o cabelo de Rosa. Ela gritou.

Em seguida o pássaro saiu em disparada. Só dava para ouvir o barulho das asas batendo, como se fossem duas velas de um barco, grandes e pretas, tremulando ao sabor do vento em alto-mar. Então o barulho desapareceu, assim como o pássaro.

"Ele estava tentando me *pegar*?" O coração de Rosa mal havia se acalmado após a fuga e já batia acelerado de novo.

Neve riu.

"Ele estava tentando pegar *isto*." E correu até uma densa amoreira que se curvava à frente em um trecho ensolarado.

Rosa alisou as tranças eriçadas e a seguiu.

Neve colheu alguns frutos preto-azulados maduros dentre as folhas ásperas e os espinhos.

"Quem iria querer pegar você quando há amoras por perto?"

As meninas encheram os bolsos e ficaram com as mãos manchadas. Um coelho marrom saltou de um arbusto, com três filhotes logo atrás. Neve e Rosa os viram entrar na toca e esqueceram os bandidos.

O sol ainda se derramava por entre as árvores, e as meninas continuaram caminhando e comendo frutinhas. Não muito longe das amoreiras, ouviram o som de água e o seguiram até encontrar um riacho. Então tiraram os sapatos e as meias e ficaram balançando os pés na água e observando, através da superfície cintilante, as rochas lisas e os peixes prateados que nadavam. Rosa colheu algumas margaridinhas às margens do riacho e trançou uma coroa. Depois de colocá-la no cabelo escuro, começou a confeccionar uma igual para Neve, e ao mesmo tempo brincava com os pés na água.

"Nada mal, não é?", a voz de Rosa saiu fraca por causa do som do riacho.

"Não", disse Neve. "Nada mal."

Rosa colocou a segunda coroa de flores na cabeça de Neve, mas o enfeite ficou grande demais e caiu em seus ombros estreitos, como um colar.

Neve ergueu uma sobrancelha, e Rosa riu, pegando a coroa para consertá-la.

"Deixei os caules muito longos", disse Rosa. Então ajustou a coroa, que desta vez se encaixou perfeitamente na cabeça de Neve.

Neve olhou para suas pernas dobradas que refletiam na superfície do rio.

"Nada mal... para algo passageiro."

Rosa hesitou.

"Mas e se for mais do que algo passageiro?"

"Quando o papai voltar, você sabe…" Neve jogou uma pedra arredondada no riacho, que o fez ondular. "Tudo vai voltar ao normal."

Rosa levantou-se de um pulo.

"Aposto uma corrida até o outro lado", disse ela, pegando os sapatos e saltando uma pedra no meio do riacho.

Então ela chegou na outra margem, e Neve foi atrás. Rosa não conseguiu dizer: *Ele não vai voltar.*

Elas continuaram seguindo pelo coração da floresta e entraram em um bosque que continha as árvores aparentemente mais antigas que já tinham visto. Em grandes fileiras desordenadas crescia o que parecia um grupo de velhos encurvados, com barbas de líquen verde-acinzentadas e raízes que se estendiam como mãos calejadas. O sol estava mais baixo no céu, e tudo estava coberto por um brilho enevoado. Pequenos insetos e partículas de poeira flutuavam na luz âmbar ao redor da floresta. Era a hora do dia conhecida como hora dourada.

Rosa e Neve brincaram de esconde-esconde no bosque dos gigantes barbudos e por fim pararam para descansar em tronos de raízes, com suas coroas de flores na cabeça e comendo as últimas frutinhas em meio aos raios de luz que ali chegavam.

"Neve!", chamou Rosa, pulando do emaranhado de raízes onde estava e fazendo sinal para que a irmã a seguisse.

"O que é isso?", quis saber Neve.

"Acho que é fumaça", disse Rosa.

Acima dos canteiros de samambaias de folhas onduladas e louros-da-montanha, subiam espirais de fumaça. As meninas se aproximaram com cuidado até encontrar de onde vinham.

"Aquilo ali é uma chaminé?", perguntou Rosa, olhando para um quadrado feito por um conjunto de pedras cuidadosamente empilhadas, que chegavam à altura do joelho.

As meninas deram a volta na estranha chaminé, à procura de mais pistas. O sapato de Rosa bateu em algo sólido escondido sob folhas e gavinhas de ervas daninhas. Então ela limpou o chão da floresta, e as duas se ajoelharam para dar uma olhada no que Rosa havia encontrado.

Era um círculo grosso de vidro emoldurado de madeira escura, encaixado no chão, com musgo florido crescendo em torno das bordas. Neve tentou limpar a película verde e turva do vidro.

"Por que tem uma *janela* no chão?", perguntou Neve.

"Por que tem uma *chaminé* no chão?", indagou Rosa. Então ergueu os olhos. "Neve, nós estamos em cima da..."

Neve encostou o nariz no vidro, o cabelo caindo sobre as folhas. Em seguida olhou para cima, concluindo o pensamento de Rosa.

"*Casa* de alguém", sussurrou ela.

Rosa também colou o rosto à janela, mas as duas não conseguiram ver nada. Rosa deu uma olhada no chão ao redor delas e viu algo cor de bronze cintilando sob as folhas. Afastou o musgo e descobriu uma porta quadrada de madeira com dobradiças curvilíneas feitas de bronze.

Rosa se levantou e disse:

"Uma casa inteira debaixo do chão..."

De repente parou de falar porque percebeu como já estava escuro. A floresta havia adquirido um tom azul profundo à volta delas.

"Puxa vida, está tão *escuro* lá dentro", disse Neve, sem tirar os olhos da janela.

"Está tão escuro *aqui fora*", disse Rosa, puxando o braço de Neve.

"Espera!", disse Neve, encostando a orelha no vidro. "Estou ouvindo alguma coisa. Está bem baixinho, mas acho que é música." Ela olhou para Rosa. "Tem *música* vindo do chão!

"Vamos", disse Rosa, impaciente, sem conseguir ouvir nada de tão preocupada que estava. Então puxou a gola do vestido de Neve como se fosse o pescoço de um gatinho. "Precisamos voltar para casa enquanto ainda conseguimos ver o caminho."

Rosa tinha alguma noção de onde as coisas ficavam, talvez não o suficiente para identificar os pontos cardeais, mas o bastante para saber para que lado era ir para a frente e para onde ficava o caminho de volta. Ela olhou para além do bosque de árvores barbudas e imaginou um pequeno mapa na cabeça. Então balançou a cabeça como quem sabe muito bem o que fazer e se virou para Neve.

"Acho que é por aqui." A voz de Rosa foi perdendo força enquanto ela falava, pois quando Neve se levantou e tirou as folhas do vestido, um par de olhos brilhantes surgiu ao longe, faiscando ao anoitecer. Então outro. E mais outro.

CAPÍTULO 3

Lobos!

Rosa ficou imóvel à luz desvanecente do crepúsculo. Os olhos amarelos mal piscavam, e as formas sinistras que os continham estavam amontoadas de um jeito ameaçador. Os lobos não se moveram.

As meninas não se moveram.

"Carambolas", disse Neve.

A voz de Rosa mal passava de um gemido.

"Fique quieta", murmurou, esforçando-se para parecer assustada. "E eles irão embora."

"Não parece que isso vai acontecer", sussurrou Neve. Então pegou um galho comprido e estendeu diante delas.

Os lobos as observavam, à espera de qualquer sinal, mudando o apoio de uma pata para outra sob a lua brilhante, escondida na copa das árvores.

"Saiam daqui!", gritou Neve, balançando o galho freneticamente. "Xôôô!"

Então um lobo duas vezes maior que os outros apareceu e se posicionou à frente da matilha.

Neve empunhou o galho como se ele fosse uma espada. *"Saiam daqui!"*

Rosa fechou os olhos, agarrou a mão de Neve e a apertou com força.

"Vamos ter que correr."

Os lobos olharam para o grande líder em busca de permissão, prontos para atacar.

"Carambolas!", sussurrou Neve, soltando a mão da irmã. Em seguida olhou para o rosto de Rosa e pegou sua mão de novo, apertando-a de volta.

"Se eles nos alcançarem, vamos ter que subir em uma árvore", disse Rosa. Então respirou fundo, tentando encher o peito de uma coragem que não tinha.

"Um", sussurrou Neve. "Dois. Três!"

Neve jogou o galho no chão, e as duas deram meia-volta e saíram correndo.

Passaram depressa pelas samambaias, quebrando galhos caídos e deixando um rastro de folhas reviradas. Correram pelo bosque das árvores velhas, tão rápidas que os troncos retorcidos dos dois lados passavam por elas como um borrão. Rosa olhou por cima do ombro.

Um lobo uivou.

"Eles estão nos alcançando", disse Rosa, parando, aos tropeços. Então se agarrou às raízes que se alastravam ali perto e virou-se para Neve, gesticulando, descontrolada. "Sobe, vamos!"

Elas escalaram as raízes, e Rosa se jogou no primeiro galho. Logo abaixo, os dedos de Neve escorregaram. Rosa estendeu a mão para ajudá-la.

Os lobos estavam quase chegando. Neve podia ouvir a respiração deles enquanto agarrava o pulso de Rosa e se esforçava para levantá-la.

Neve sentiu dentes afiados se cravarem em seu sapato, puxando-o. Ela chutou o mais forte que pôde, as pernas pálidas balançando a poucos metros do chão. Rosa puxou a irmã com ainda mais determinação.

O sapato de Neve se soltou, e o lobo recuou com sua recompensa inútil. Neve finalmente conseguiu subir na curva torta do galho e se sentou com Rosa.

Nesse momento, soou uma trompa.

As meninas esticaram o pescoço para ver de onde vinha o som. Os lobos se viraram e aguçaram os ouvidos.

A cem metros de distância, uma silhueta surgiu no alto de um declive, descendo depressa como um raio em direção à clareira. Os lobos dividiam a atenção entre as meninas e a figura que se aproximava. Quando a sombra chegou mais perto, viram que se tratava de um homem alto, coberto de peles de animais. Ele trazia um arco no braço forte e puxou uma flecha do quadril.

"Não!", Neve deixou escapar.

Os lobos davam voltas, confusos e inquietos.

O Caçador levou o braço para trás, e Neve gritou de novo.

"Não! Por favor, não!"

Ele fez uma pausa, então soltou a flecha. O lobo gigante uivou de dor.

Os outros lobos se dispersaram. O Caçador tocou mais uma vez a trompa, que ressoou pelo bosque.

As garotas pularam da árvore. Neve pegou o sapato que havia caído e o calçou, cambaleando. Então as duas se viraram para o Caçador, mas ele já tinha ido embora.

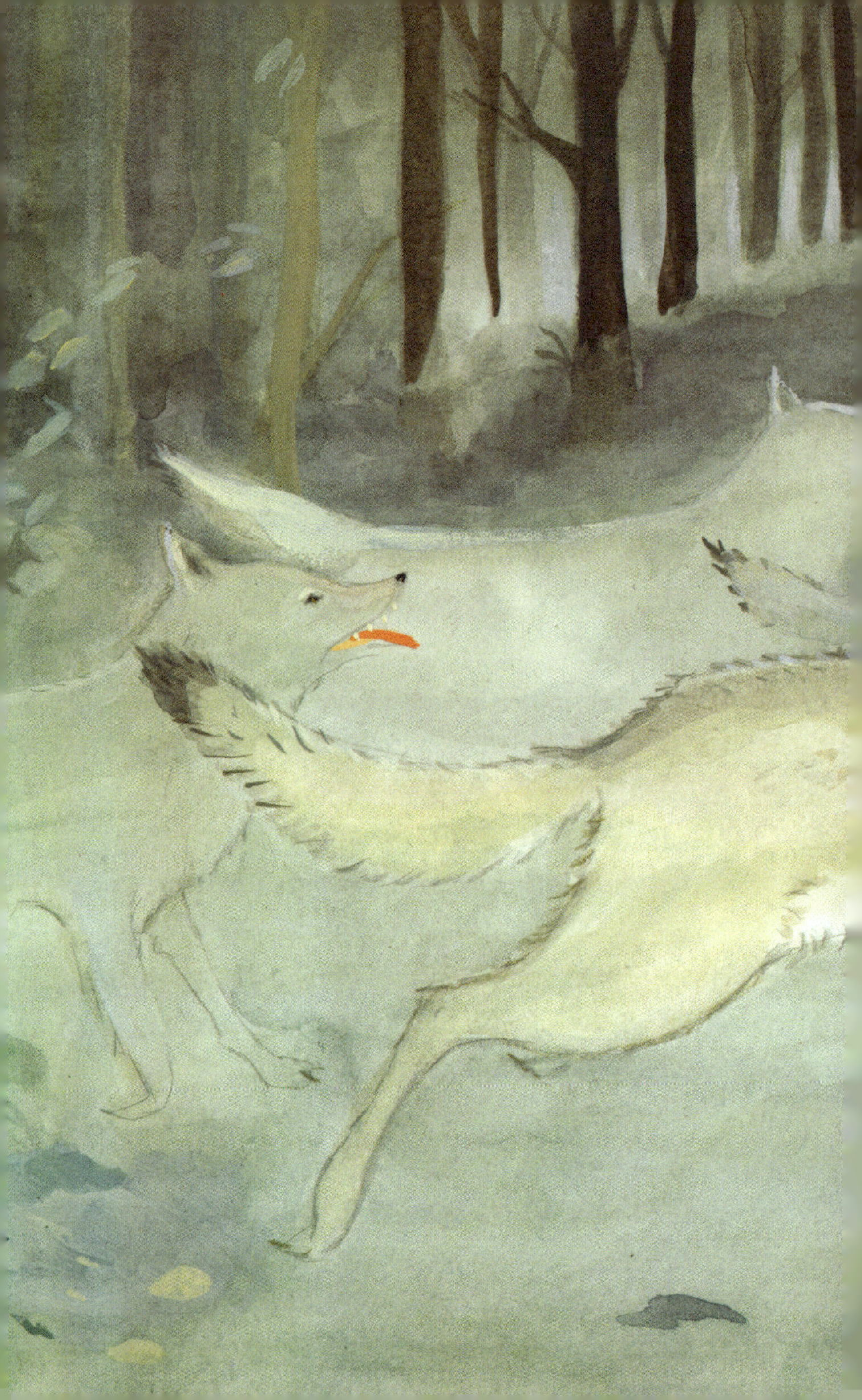

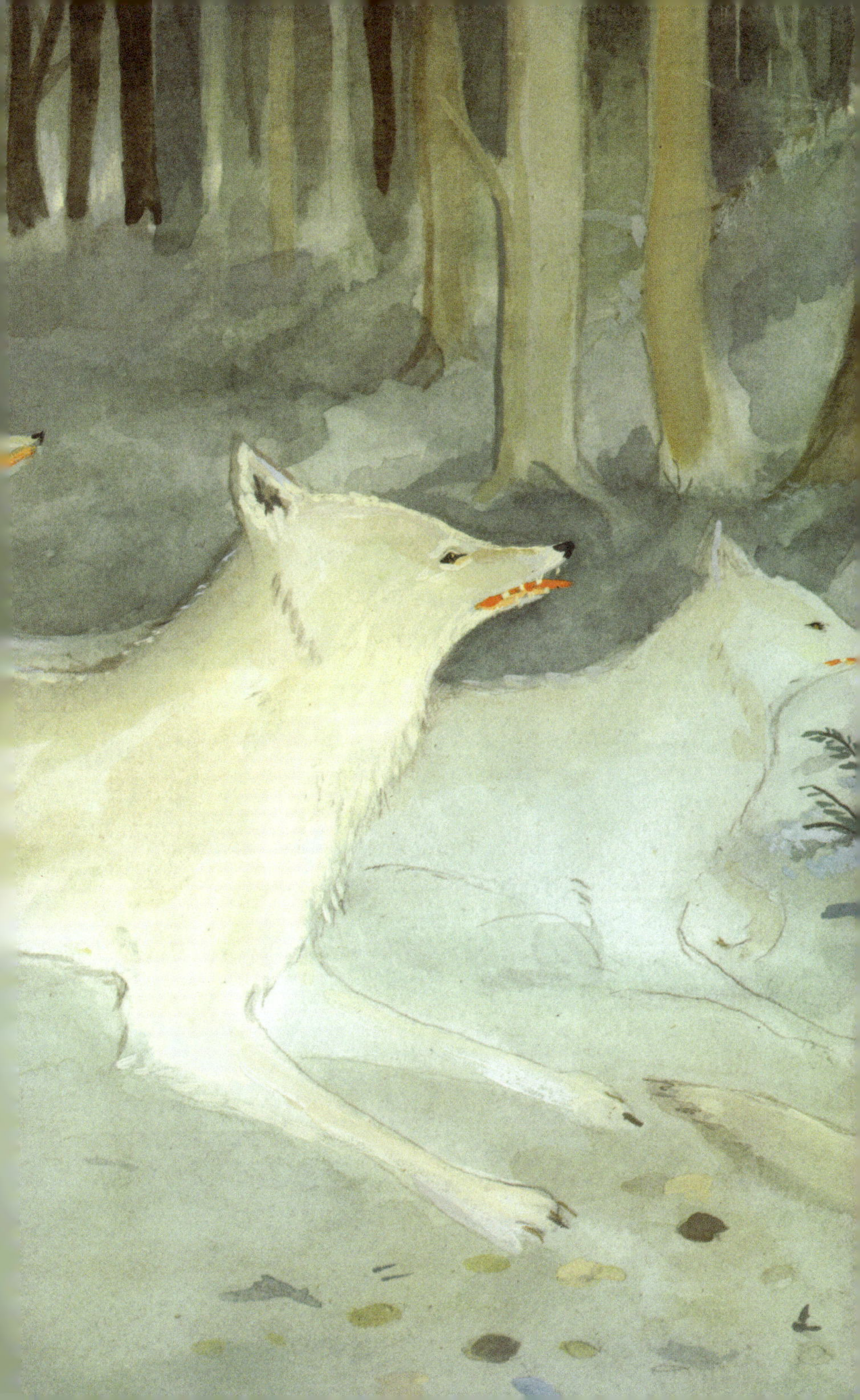

Elas correram em meio à escuridão, guiadas pelos instintos de Rosa. Foi fácil, mais fácil do que ela imaginara, como se os galhos das árvores, os trechos cobertos de musgo e a própria floresta as conduzissem de volta. Neve e Rosa entraram correndo na pequena cabana de madeira e pedra e trancaram a porta.

A mãe delas tinha passado o dia sem nem se perguntar do paradeiro das meninas.

X X X

Naquela noite, já seguras em suas camas, Neve sussurrou para Rosa:
"Quero voltar."
Rosa abriu os olhos.
"Para a floresta?"
"Sim", respondeu Neve.
"Para a Casa Subterrânea?", perguntou Rosa.
"É claro!", sussurrou Neve.
Rosa fez uma pausa, olhando para o espaço escuro e silencioso à sua volta. A curiosidade e o medo disputavam espaço em seu peito.
"Eu também", disse ela, por fim. "Durante o dia. À luz do sol."
E então, naquela noite, as duas traçaram planos para voltar à floresta.

Primeiro: iriam à luz do dia e já estariam em casa ao anoitecer.

Segundo: iriam à Casa Subterrânea e descobririam quem morava lá.

E terceiro: não contariam à mãe sobre os lobos. Não contariam nada que a deixasse preocupada.

Montadas as estratégias, as duas ficaram em silêncio por alguns minutos antes que a voz de Neve soasse novamente.

"Rosa?", sussurrou a irmã.

"Um-hum", murmurou Rosa.

"Não paro de pensar naquele lobo", disse Neve, abalada. "O Caçador atirou nele por nossa causa. Ele deve ter morrido...", concluiu, em um fio de voz. "Por *nossa* causa."

"Mas o que teríamos feito se ele não tivesse aparecido?", indagou Rosa.

"Não sei." Neve suspirou. "Ainda assim é triste."

"Eu sei", disse Rosa. Mas se fosse uma escolha entre elas e os lobos, sempre escolheria a si e à sua irmã. "Acho que você tem... Lembra o que a mamãe costumava dizer? 'Coração de lobo'."

"E você tinha o quê, mesmo?", perguntou-se Neve, sonolenta. "Espera, eu lembro." Ela bocejou. "Boa noite, Rosa, coração de coelho."

"Boa noite", sussurrou Rosa. Então puxou a coberta e sonhou com lobos, espinhos, flechas e os mistérios que viviam no coração da floresta.

CAPÍTULO 4

Uma biblioteca curiosa

Neve e Rosa tentaram encontrar a Casa Subterrânea por dias a fio. Saíam correndo da trilha, como haviam feito antes, passando pelo riacho e o bosque de árvores com barbas de líquen, até o lugar em que se lembravam de ter encontrado a janela no chão e a chaminé de pedras empilhadas. Mas não havia nada lá, nem mesmo um traço de fumaça.

Ou estavam procurando no lugar errado, ou a casa não queria ser encontrada. Depois de dias de uma busca cuidadosa e de chegarem em casa ao pôr do sol, Neve e Rosa começaram a se perguntar o que havia no *outro* lado da trilha, a leste. E encontraram outra coisa, não escondida, mas igualmente interessante. Uma casa pequena e estreita em uma clareira iluminada. As paredes altas e o telhado com telhas em formato de escama eram de madeira, e havia um curral em um dos lados. A casa era toda cercada por um tapete rendado de flores brancas, que iam até a altura do tornozelo.

Havia uma placa na frente com a palavra ENTRE pintada em forma de arco, logo acima de uma mão que a sinalizava. Abaixo da mão, balançava outra placa, com a palavra BIBLIOTECA escrita em letras brancas, cheias de voltinhas rebuscadas. O coração de Rosa deu um pulo. Ela sentia muita falta da biblioteca que tinham na casa antiga. Neve e Rosa trocaram olhares antes de seguirem pelo caminho sinuoso de pedra em direção à casa.

Neve bateu à porta, que se abriu sozinha. O interior da casa cheirava a lã molhada. O som de seus "olás" ecoou pela entrada. Algum tempo depois, o cumprimento de Neve e Rosa foi respondido pelo balido de uma cabra, e então pelo som de passos pesados e nada uniformes.

"Olá! Margarida, quem é?" Uma senhora se aproximou, com um andar desajeitado em razão de uma perna de pau. Ela usava um vestido de mangas compridas e um suéter grosso demais para o fim do verão. A mulher olhou por cima dos óculos, afastando uma mecha de cabelo grisalho que escapara do coque bagunçado. "Visitantes! Frequentadores da biblioteca!" Ela tinha uma cabritinha preta nos braços. A cabrita começou a mastigar uma mecha do cabelo dela.

"Você é a Bibliotecária?", perguntou Rosa, com a voz tímida.

A Bibliotecária aquiesceu.

"E quem são vocês?"

Neve e Rosa se apresentaram. Então a Bibliotecária as apresentou primeiro à cabra Margarida, depois à biblioteca.

Ela as conduziu pelo corredor da frente até o centro da casa. As meninas espiaram em volta, os olhos correndo por uma escada em espiral de madeira e metal que subia até o teto, quase preenchendo a sala. Parecia alta, tão alta quanto a copa de uma árvore.

"Por favor, fiquem à vontade", disse a Bibliotecária, colocando a cabra no chão. As meninas foram andando atrás dela, acompanhadas pelo som dos cascos da cabritinha. "Podem começar por aqui", disse a Bibliotecária, mostrando a escada. As meninas subiram os primeiros degraus. Neve cutucou Rosa com o cotovelo, erguendo a sobrancelha, e Rosa deu de ombros. As irmãs olhavam em volta, tentando compreender o que viam. A Bibliotecária não as acompanhou, mas disse: "Levem o tempo que precisarem. Estarei no meu escritório."

De cada lado da escada, havia prateleiras intrincadas embutidas nas paredes, ao alcance das mãos. Ao começarem a subir, as meninas ficaram ainda mais desconfiadas, pois naquela biblioteca não havia livro.

Em vez disso, dispostos nas prateleiras, aninhados em nichos, expostos em caixas, enfiados em garrafas de vidro, havia centenas, talvez milhares, de pequenos objetos. As meninas esqueceram completamente o mundo, atentas apenas àquela enorme coleção de curiosidades. Subiram os degraus em silêncio, virando para cá e para lá a fim de examinar o conteúdo das prateleiras, cada uma em seu próprio sonho.

Os itens haviam sido rotulados com a mesma caligrafia toda desenhada que as duas tinham visto na placa da entrada, só que, em vez de tinta branca, ali os rótulos estavam escritos com nanquim e lápis borrado. Um pedaço de coral, uma pena manchada, um retalho de veludo, uma garça de papel, um osso delicado, uma pedra de ouro de tolo, um rolo de barbante, um carretel de madeira, um pedaço de sabão, um pedaço de papel pardo, uma mecha de cabelo, uma concha de vieira, uma colher torta, um selo postal, uma bolota, um dente de leite, um botão de prata.

Rosa respirou fundo quando seu olhar captou um objeto em uma prateleira na altura de seu ombro. Ela pegou uma corrente de ouro e pensou no relógio de seu pai. O objeto deslizou para sua mão como uma pequena cobra. Não era uma lembrança que ganhara vida, só uma pulseira com o fecho quebrado.

Neve limpou a garganta e gritou pelas barras da escada.

"Sem querer ser grosseira...", disse ela para a dona de coque grisalho lá embaixo, "mas pensei que isto fosse uma biblioteca."

A Bibliotecária se acomodara a uma mesa bagunçada que ficava em um cantinho escondido lá embaixo, do lado de fora da sala principal.

"Minha querida, isto *é* uma biblioteca."

Rosa subiu até onde Neve observava algo com uma pequena lupa. Neve olhou para a irmã através da lente, e Rosa retribuiu o olhar com um ar de repreensão, dizendo:

"O que ela quis dizer foi: você tem algum... *livro?*"

"Suspiro?", disse a Bibliotecária.

"Livro", repetiu Rosa enquanto as meninas desciam relutantemente as escadas.

"Sim, eu ouvi. Mas vocês querem alguns suspiros?", ofereceu a Bibliotecária. "A maior parte é só farelo, mas pode ser que ainda tenha alguns inteiros."

As meninas ouviram o tilintar dos pratos em que a senhora mexia, enquanto uma outra cabra, maior e de pelo branco, mastigava alguns papéis espalhados por ali.

Neve e Rosa se juntaram a ela em sua mesa, acomodando-se meio sem jeito em duas frágeis cadeiras. A Bibliotecária pegou uma lata amassada na gaveta da escrivaninha e colocou um monte de pedacinhos de suspiro em um prato lascado.

"De que é feita uma biblioteca?", indagou ela daquele jeito que as pessoas fazem quando sabem que a pergunta é complicada. Então estendeu o prato para as meninas.

"De um monte de livros", respondeu Neve, pensando em sua antiga biblioteca e nas altas escadas deslizantes. A cabrita preta foi até a mesa e começou a mastigar uma das tranças de Rosa.

A Bibliotecária balançou a cabeça.

"Errado." E comeu um pedacinho de suspiro. "De um monte de *histórias*."

As meninas olharam para todas aquelas prateleiras com todas aquelas pequenas coisas. Rosa tirou a trança do alcance da cabra.

"Tenho histórias suficientes para uma vida inteira", disse a Bibliotecária. "Encantadoras, estranhas, alegres e tristes. As prateleiras estão cheias de todas essas coisas."

As meninas pareciam não acreditar.

"Se não acreditam em mim, retirem alguma coisa", disse a Bibliotecária, acenando a mão no ar. "Se não gostarem, é só devolver." E murmurou para si mesma: "Mas elas vão precisar de cartões". Então revirou as pilhas que se acumulavam em

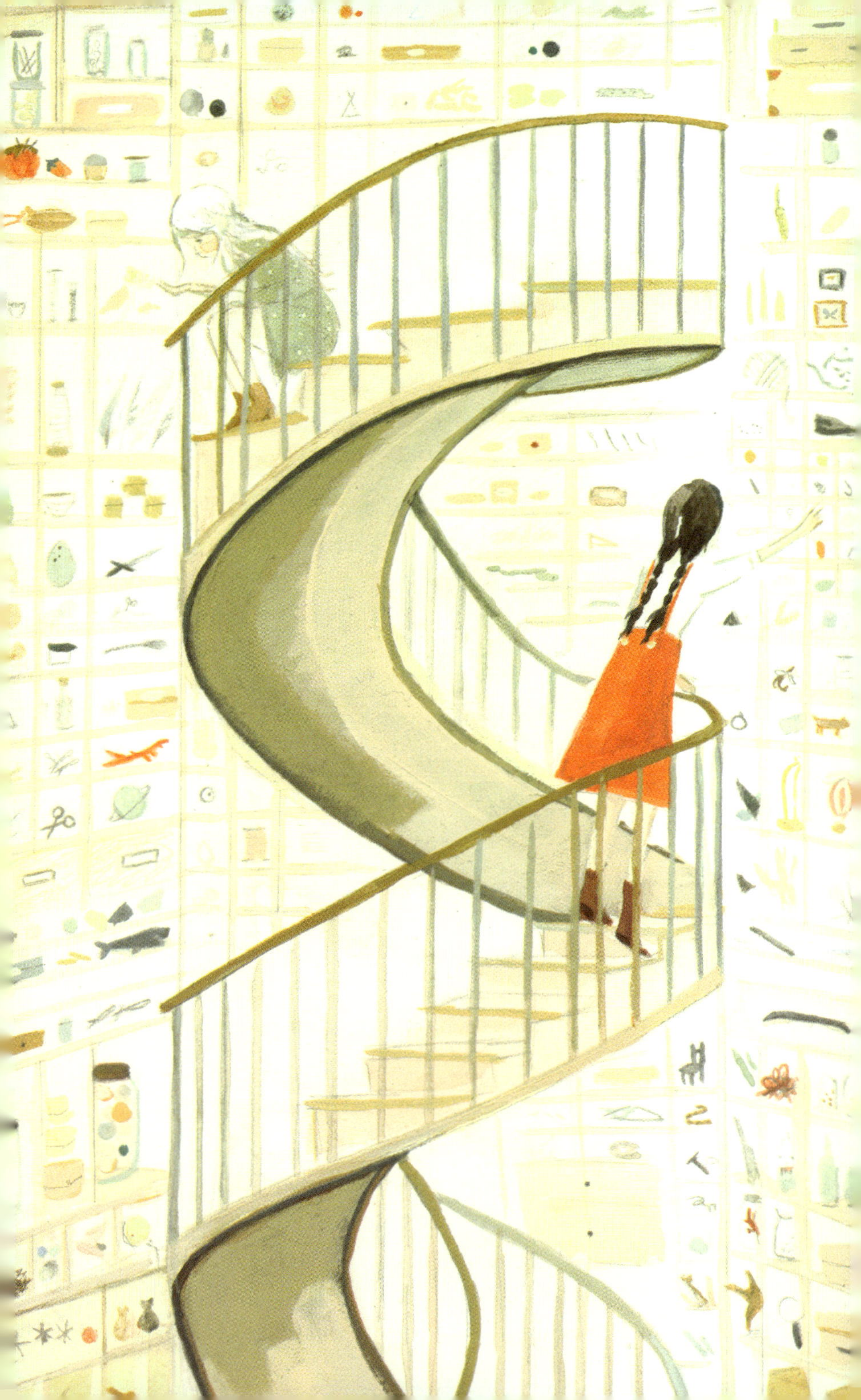

sua mesa e cochichou para se lembrar: "Cartões da biblioteca, sua tonta". Em seguida vasculhou a mesa até achar outra lata amassada. "Ah, sim. Aqui está."

A senhora pegou dois cartões parecidos com cartas de baralho comuns, mas com figuras no lugar dos naipes.

"Quantos anos você tem?", perguntou ela, embaralhando as cartas enquanto olhava para Neve.

"Nove", disse Neve. "Quase dez."

"Então toma um nove…", disse a mulher. E entregou uma carta com nove estrelas amarelas para Neve.

"E você?", perguntou a Bibliotecária, folheando o baralho gasto.

"Onze", respondeu Rosa.

"Puxa vida. Tem certeza de que não tem dez?", questionou ela. "Bem, isto aqui vai servir."

A Bibliotecária deu a Rosa uma carta com o número um impresso nos quatro cantos e a imagem de um barco no meio.

"Agora vocês precisam encontrar algo para retirar!", disse a Bibliotecária, sorrindo. "Uma história cada uma."

Neve e Rosa voltaram para a escada e foram subindo e examinando as prateleiras, sem saber o que pegar.

Como se ouvisse seus pensamentos, a Bibliotecária lhes falou:

"Não se preocupem, vocês é que serão *escolhidas*!"

Depois de subirem e descerem mais uma vez as escadas, enquanto o sol da tarde brilhava pelas janelas, as meninas por fim se resolveram. Rosa pegou uma tesourinha, e Neve escolheu uma pequena chave de bronze.

Elas levaram seus itens à Bibliotecária, que pegou seus cartões e fez uma marca indecifrável em cada um antes de devolvê-los.

"Quanto tempo podemos ficar com essas coisas?", quis saber Rosa.

"Quanto mede um pedaço de barbante?", disse a Bibliotecária, levando as meninas até a porta. Elas acenaram em despedida, e as cabras baliram.

Enquanto as irmãs caminhavam para casa, com os objetos enfiados nos bolsos, Rosa brincou com Neve:

"O meu ainda não está me contando nenhuma história."

"Talvez conte mais tarde", disse Neve. "Talvez demore um pouco."

"Você pensa em voltar logo na biblioteca?", perguntou Rosa, sem saber o que achar da biblioteca ou da Bibliotecária.

"Temos que esperar pelas nossas histórias", disse Neve, batendo no ombro de Rosa.

Quando Neve e Rosa voltaram à cabana, contaram à mãe o que haviam encontrado. Ela olhou para as duas como se através de uma névoa. Então assentiu de um jeito que as deixou sem saber se realmente acreditava nelas ou se ao menos tinha ouvido o que haviam dito.

Neve saiu para procurar Gengibre, e Rosa foi até a pequena estante de livros. Tudo que restava de sua antiga biblioteca, do tipo verdadeiro de biblioteca, não uma com tesouras, chaves e cabritinhos. Pegou um livro encadernado de couro azul-escuro tão grande que precisou dos dois braços para segurá-lo aberto. Rosa se acomodou toda enrolada e foi virando as páginas com belos mapas de lugares distantes até encontrar sua parte preferida, chamada "As Sete Maravilhas".

O pai delas costumava viajar para muitos lugares, mas não importava para onde fosse, nunca gostava de ficar longe de casa por muito tempo. Ele lia para Neve e Rosa sobre as Sete Maravilhas e dizia: "Mas há três maravilhas melhores do que quaisquer outras no mundo". Então beijava as meninas no topo da cabeça.

Rosa pegou o cartão que a Bibliotecária lhe dera, com a imagem do barco. E se lembrou da noite em que perguntara ao pai quando veriam as Sete Maravilhas juntos. Ainda passando os dedos pelas páginas, Rosa lembrou como seu coração se entristecera quando o pai lhe contara que a maioria delas já não existia mais.

Ela também se lembrou do que ele dissera logo depois, ao notar sua decepção.

"Ah, Rosinha, mas ainda há maravilhas no mundo."

Rosa fechou o livro pesado. Ao se levantar para ajudar a mãe a preparar o jantar, sentiu algo espetá-la: a tesoura. Isso a fez lembrar da Bibliotecária e de todos aqueles objetos, em todas aquelas prateleiras. Então se perguntou se a biblioteca se qualificava como uma maravilha, um tipo modesto de maravilha, mas ainda assim uma maravilha. Seu pai teria gostado muito daquele lugar.

Enquanto caminhava até a cozinha, Rosa pensou nas coisas do pai, perguntando-se onde estariam naquele exato momento. E as listou para si, em silêncio: *Um relógio... um cobertor... uma faca...*

XXX

A faca ainda estava na floresta, e o cabo de marfim se aqueceu ao toque de alguém que a virou de um lado para o outro, admirando-a, o dedo contornando as penas de pássaro. A lâmina captou seu reflexo quando ele suavemente a fechou e depois a guardou.

CAPÍTULO 5

O garoto dos cogumelos

Neve e Rosa tentaram encontrar o caminho para voltar à Casa Subterrânea, mas se cansaram de procurar. Tentaram ouvir a música com as orelhas coladas ao chão, mas não escutaram nada além do chilrear e do farfalhar da floresta. Reviraram folhas, que mancharam seus vestidos de musgo, mas não conseguiram encontrar nenhum vestígio de vidraça nem dobradiça.

Neve voltou à colina para observar a antiga casa delas. E devagarzinho as garotas foram retomando a rotina das primeiras semanas na cabana. A única diferença era que de vez em quando Rosa via Neve olhar para a chave da biblioteca, à espera de que acontecesse alguma coisa.

Pouco tempo depois começou a esfriar muito, e tudo ficou diferente com a chegada do outono. Certa manhã, após um café da manhã com mingau de aveia quente, a mãe delas foi para o quarto e voltou com dois embrulhos. O de Neve era um cardigã da cor de um ovo de pardal. O de Rosa era um pulôver costurado com lã da cor do azevinho.

Protegidas por seus novos agasalhos, Neve e Rosa se sentiram inspiradas a sair em busca da Casa Subterrânea mais uma vez. A luz do sol cintilava nas árvores quando as meninas saltaram sobre o riacho. Do outro lado, uma rã do dobro do tamanho natural as encarou com olhos que pareciam duas bolinhas de gude muito pretas. Neve e Rosa se entreolharam, depois passaram correndo pelo bosque dos homens velhos e entraram na clareira.

Nesse dia, as irmãs examinaram trechos na mata ainda não explorados, caminhando com cuidado, procurando pistas escondidas no chão pelo que parecia ser a centésima vez.

Mas não encontraram nada. Então refizeram o caminho de quando haviam sido perseguidas pelos lobos, voltaram ao riacho e seguiram o fluxo da água.

"Talvez aquela casa *nunca* tenha estado lá", disse Rosa, puxando as mangas do suéter para aquecer as mãos. "Talvez..."

Neve parou de repente.

"Espere!", disse ela, levando o dedo aos lábios e olhando para Rosa. Elas haviam chegado a um novo lugar, onde a floresta era muito escura.

Neve e Rosa entraram em um mar de samambaias tão denso que era impossível ver os próprios pés.

"Avenca, chifre-de-veado e...", recitou Rosa para si mesma, enquanto as samambaias roçavam suas pernas.

"Shhh!", Neve a silenciou. "Estou ouvindo alguma coisa!"

Rosa aguçou os ouvidos.

"Não ouço nada."

Neve puxou a irmã e avançou em direção à moita de samambaias que balançava acima dos joelhos.

Rosa começou a ouvir a música também, suave em meio ao ar fresco e úmido.

"Procure uma porta no chão", Rosa lembrou Neve, embora ela não precisasse ser lembrada.

Elas seguiram a música até uma árvore cercada por raízes que se enroscavam e espiralavam, formando arcos do tamanho certo para uma pessoa passar rastejando.

De repente a música ficou bem mais perto.

Neve apoiou os joelhos e as mãos no chão para rastejar até o meio das raízes. Então voltou de costas e ergueu os olhos, o rosto sujo de terra.

"Achei!", disse Neve, agitada pela empolgação. "Tem um túnel embaixo desta árvore."

Rosa começou a retorcer as mãos. Ela olhou para a irmã.

"Eu vou na frente", disse Neve. E em um piscar de olhos, mergulhou de volta. "Você está atrás de mim?", perguntou ela, já com a voz abafada, a última bota desaparecendo da vista.

Rosa respirou fundo. Estava preocupada com o que podia haver além do túnel. Mas teve de parar de pensar, porque Neve já entrara.

"Sim!", gritou Rosa em resposta, rastejando atrás dela.

O túnel era escuro e sinuoso. Um pequeno labirinto sob a árvore, emaranhado e acidentado, repleto de gavinhas no alto. Enquanto seguiam a música, notaram um brilho azul-esverdeado através das paredes de raízes, que cresciam ali havia mil anos.

Elas se depararam então com uma queda íngreme onde o túnel terminava de repente. Neve deslizou para a frente,

Rosa tropeçou atrás dela, e as duas aterrissaram no solo com toda a força.

"Carambolas", murmurou Neve, olhando para cima e piscando devagar. Rosa pegou sua bolsa e esfregou os joelhos doloridos. Então olhou em volta, tentando se orientar.

A música havia parado. Estavam em uma caverna, uma câmara subterrânea. As paredes refletiam o brilho fraco de uma luz azul-esverdeada, e as meninas sentiam o cheiro de terra ao redor delas.

Uma luz amarela e quente veio surgindo de uma curva. Primeiro viram um lampião, depois a pessoa que o carregava.

"Quem são vocês, hã?", perguntou o menino. Sua voz era gentil e soou um pouco mais alta no final.

O garoto tinha o rosto muito branco, olhos escuros e cabelos castanhos emaranhados. Seu corpo era esguio. Era difícil dizer quantos anos ele tinha. Era quase tão alto quanto Rosa, porém mais magro que as duas irmãs. Usava um suéter comido por traças que devia ter sido branco um dia e uma calça marrom remendada. O esboço de um sorriso se formou nos cantos de sua boca.

As meninas se levantaram e se limparam.

"Quem é você?", indagou Rosa, arrumando o cabelo e tirando folhas das costas de Neve.

O menino deixou escapar uma risada inacabada, enquanto Neve tirava um pedaço de raiz do cabelo.

Neve o encarou.

"Sim, quem é *você*?"

"Ibo", disse ele. Então tirou um lenço do bolso e assoou o nariz.

"Bibo?", disse Neve, rindo.

As bochechas dele ficaram rosadas à luz do lampião.

"Ivo. I-v-o." O menino mudou o apoio do corpo de um pé para o outro. "De qualquer forma, foram vocês que caíram na minha fazenda. Como vocês se chamam?"

"Meu nome é Rosa e o dela é Neve." Rosa esperava soar amigável o bastante para compensar a atitude de Neve.

"Hmm... como você vai?"

"Pessoas com nomes estranhos não deviam atirar pedras", disse Ivo, lançando um olhar para Neve. Ele parecia inquieto, e as garotas notaram que, em vez de luvas, usava nas mãos um par de meias velhas de lã, cortadas na ponta.

"Vocês não parecem ser daqui, hã", acrescentou, olhando para o delicado bordado na bainha do vestido delas.

"Bem, isso é porque não somos", respondeu Neve.

Rosa se perguntou se aquilo ainda era verdade, depois de todo aquele tempo que moravam na floresta.

"E como chegaram aqui na fazenda?", perguntou o menino.

"Nós meio que caímos", disse Rosa, e Ivo sorriu. "Nós rastejamos pelo túnel porque ouvimos uma música."

"Você sabe quem estava tocando?", perguntou Neve em um tom diferente e animado.

"Era eu", disse Ivo, parecendo satisfeito.

As garotas explicaram que haviam encontrado a chaminé no início do verão e que estavam procurando por ela desde então.

Os olhos de Ivo se iluminaram.

"Então eram vocês duas, hã? Tateando a porta da frente?" Ele riu. "Ah, a mamãe ficou muito preocupada. Ela nos escondeu bem depois disso." O menino as encarou com um ar sério. "Existem coisas perigosas, coisas que não deveriam..." Em seguida parou de falar.

"Bem, nós somos muito perigosas", Rosa brincou de um jeito nervoso, mas viu que ele não deu nem um meio sorriso.

"De que *coisas* você está falando?"

"Sim, que tipo de coisas?", insistiu Neve.

"Das criaturas grandes. A Ameaça da Floresta, como a chamamos", respondeu Ivo.

Rosa ergueu as sobrancelhas e olhou de lado para Neve. Estava pensando no melro, no grande lobo e na rã.

"E há outras coisas, coisas que a gente não vê, mas às vezes sente..." Ivo parou ao ver a expressão das garotas. "Eu não queria assustar vocês", disse ele. "Só... tenham cuidado, só isso."

"Que lugar é esse, afinal?", quis saber Neve.

Ivo sorriu.

"Vou lhes mostrar." Ele foi à frente com seu lampião, e elas o seguiram na caverna por um, dois, três corredores.

"Aqui estamos, hã", disse Ivo.

Havia um leve cheiro de mofo no ar. Em alguns lugares, era como um pão um pouco mofado; em outros, como um suéter depois de um ano guardado em um baú. As paredes eram debilmente iluminadas pelo mesmo brilho que as irmãs tinham visto antes, e Ivo segurava o lampião no centro da sala, projetando mais luz sobre o que havia no cômodo: cogumelos por toda parte. Alguns minúsculos cresciam ao lado de outros gigantes, seus chapéus brilhando em tons de rosa e escarlate, marrom-claro e branco fantasmagórico na escuridão da caverna. Havia cogumelos de todos os formatos: redondos,

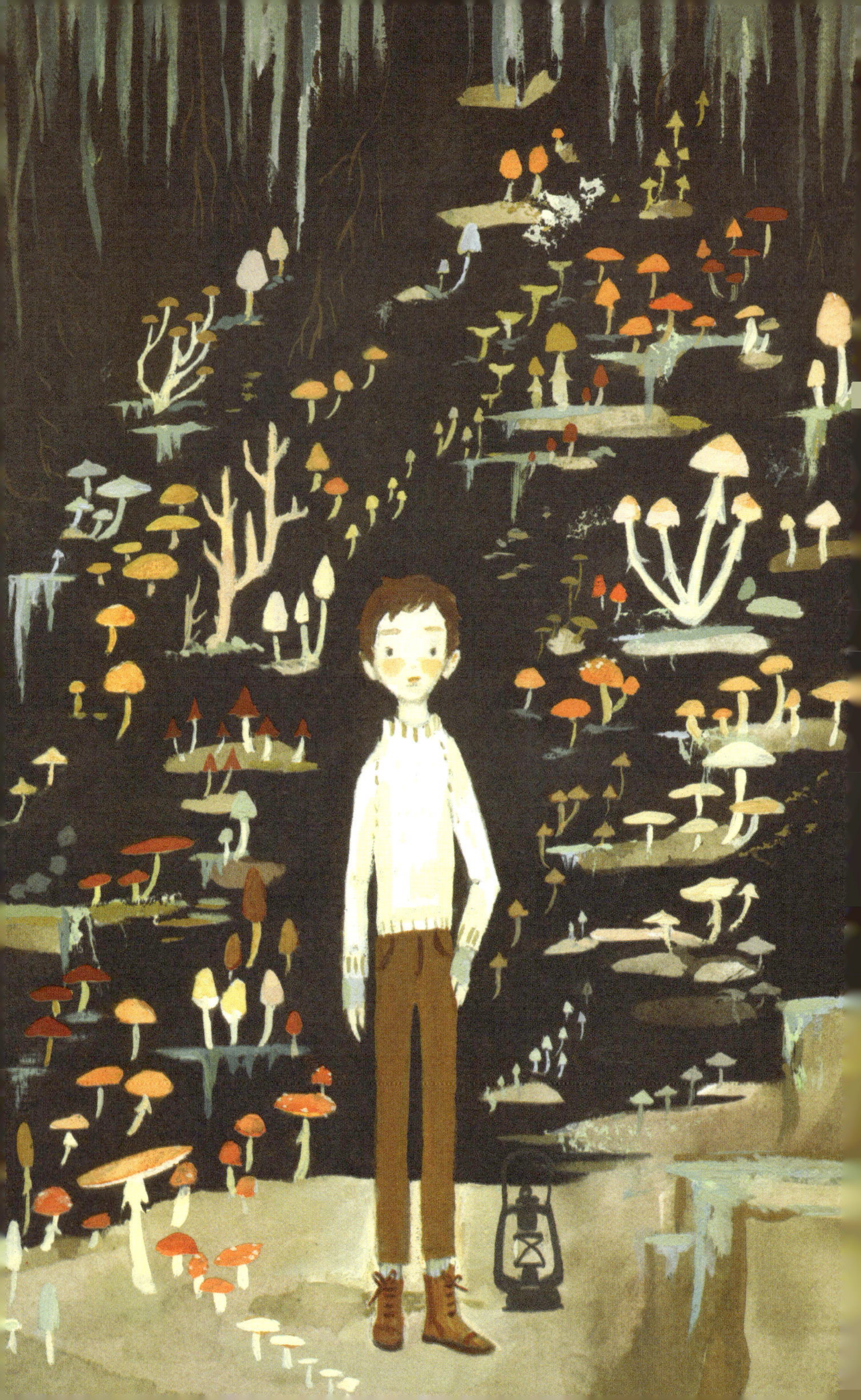

achatados, ramificados e esguios. Cada espécie crescia de forma ordenada em um tapete de musgo próprio, erguendo-se da terra.

Rosa colocou a mão em um pedaço brilhante de parede e olhou para Ivo, intrigada.

"Musgo-lampião. Se não fosse por ele, só teríamos essa luz", disse Ivo, mostrando o lampião. "Alguns cogumelos brilham um pouco, como esses perto da sua cabeça, Neve. Luzes-das-estrelas, como os chamamos."

Neve virou-se e viu uma área forrada de cogumelos brancos e delicados, que pareciam se estender em sua direção. Aproximou o dedo indicador para tocar um deles e, quando tirou a mão, havia uma discreta marca luminescente na ponta de seu dedo.

"Mas não são o suficiente para uma iluminação adequada", acrescentou Ivo.

"Então para que servem todos esses cogumelos?", questionou Neve.

"Para todo tipo de coisa", respondeu Ivo. "Alguns apenas para comer, outros têm efeitos medicinais. Alguns, não quero nem *saber* quem os compra."

Rosa olhou para o jardim escuro ao redor.

"Você sabe o nome de todos eles?", perguntou ela, o rosto iluminado pelo musgo-lampião.

"Bem, não sei os nomes certos", disse ele, encabulado. "Só como nós os chamamos."

Rosa assentiu.

"E esses?" Ela apontou para uma variedade avermelhada.

"Saias de bailarina", disse Ivo.

"E esses?"

Ivo e Neve se aproximaram dela e, à medida que Rosa apontava, o menino recitava:

"Dedais de modista, cogumelos-rubi, sombrinhas de pulga, gigantes da lua, moedas de ouro, balinhas de caramelo, botões do diabo, botões de rato. Pensando bem, muitos deles têm *botões* no nome."

Rosa bateu palmas em agradecimento.

"Mas por que isso fica tão longe da sua casa?"

"É que a terra lá não é muito boa para o cultivo", respondeu Ivo.

"Mas você nunca fica com medo sozinho aqui embaixo?", perguntou Rosa.

"Não me importo", disse Ivo, abrindo seu sorriso torto. "Eu nasci no escuro."

"E a música?", Neve perguntou com impaciência, então acrescentou, em uma tentativa tardia de ser mais educada. "Sem querer interromper..."

Os olhos de Ivo se iluminaram, e ele desapareceu nos túneis. Enquanto esperavam, Rosa ficou na ponta dos pés para ver o que crescia nas prateleiras mais altas. Neve cheirou uma porção de musgo-lampião e espirrou.

Pouco depois, Ivo voltou com um violino nos braços. Ele pegou um arco fino e se sentou em um dos tocos espalhados pela caverna que serviam de assento. Começou a tocar. Era a mesma música misteriosa que elas tinham ouvido no crepúsculo durante o verão vindo da Casa Subterrânea, e outra vez hoje.

"É isso!", disse Neve, radiante. "Eu também toco violino."

Ivo segurou o arco parado no ar.

"É uma rabeca", disse ele, em tom confiante.

"Tenho certeza de que é um *violino*", corrigiu Neve.

"Rabeca", disse Ivo.

"Violino."

Rosa pigarreou ruidosamente.

"É melhor a gente ir andando." Então virou-se para Ivo. "Como voltamos lá para cima? Porque, para descer, bem, a gente *caiu*."

"Vocês não sabem cair para cima?", perguntou ele. "Só estou brincando. Não se preocupem, temos escadas." Ele pôs a rabeca em cima do toco com cuidado e mostrou o caminho secreto de volta à superfície e à luz do sol.

"Antes de vocês irem, posso mostrar outra coisa?"

Neve e Rosa assentiram.

A "outra coisa" de Ivo era um único cogumelo, arredondado e de um azul intenso, como uma pérola escura feita de papel. Ivo estendeu o braço para mostrá-lo. O cogumelo cobria toda a palma de sua mão.

"Faz um tempão que estou esperando para mostrar isso a alguém", disse ele. "Chama-se bolsinho do João Pestana. Eu que descobri. Fui eu que dei o nome para ele também", disse Ivo com orgulho.

"O que ele faz?", perguntou Neve, olhando para o cogumelo.

"Vocês vão ver", respondeu Ivo. Então examinou as samambaias e os troncos de árvores cobertos de musgo ao redor deles. "Ali!" Apontou para dois esquilos que saltavam a alguns metros de distância. Ivo jogou o cogumelo.

Ao cair no chão, a planta se partiu, formando uma grande nuvem de fumaça azul cintilante entre os dois esquilos. "Esqueci de dizer", acrescentou Ivo, tapando o nariz. "Acho melhor vocês não inspirarem."

As meninas prenderam a respiração.

Os esquilos congelaram no meio do salto, então pareceram cair mortos.

"Ah, seu menino *malvado*!", gritou Neve.

"Não, eles estão apenas dormindo!", exclamou Rosa. "Você disse 'Alguma coisa João Pestana', certo? Então eles estão só dormindo. Não estão?"

Ivo parecia aterrorizado.

"Não *estão*?", insistiu Rosa.

Os esquilos estavam no chão, sem nem mexer os bigodes.

"É claro!", disse Ivo, perplexo. "Eles vão acordar. Só demora um pouco para passar o efeito." Suas bochechas coraram ao perceber que talvez aquela não tivesse sido uma boa ideia. "Só é um pouco divertido. Eles vão acordar novinhos em folha", assegurou a Neve, desviando o olhar para o chão. "Eu deveria ter avisado vocês."

Imóveis, Ivo e as meninas esperaram ao lado dos esquilos. Após mais alguns minutos de silêncio, os esquilos começaram a voltar à vida. Em seguida escalaram uma árvore e sumiram de vista.

"Então você não é um assassino de esquilos", disse Neve, ainda emburrada.

"Não, só um João Pestana de esquilos", respondeu Ivo.

"Não conhecemos muitos garotos", disse Rosa. "Não sabíamos se isso era uma coisa que, sei lá, vocês fazem por diversão."

"Acho que nunca fiz amizade com nenhuma garota." Ele olhou para as irmãs. "Não há muito com quem fazer amizade por aqui, na verdade."

Ivo puxou as mangas para baixo sobre os dedos com as luvas de meia, como Rosa tinha feito antes. À volta deles, o ar ficava cada vez mais frio, mandando-os de volta para suas casas, acima e abaixo do solo. Então se despediram meio sem jeito, e as meninas começaram a voltar para a cabana, mas viraram ao ouvir a voz de Ivo.

"Ei! Talvez vocês voltem aqui outra hora?", perguntou ele, com a voz esperançosa.

Ele não conseguia ver o rosto delas, mas Rosa sorriu, e Neve também.

"Acho que sim!", Neve gritou de volta.

Durante o jantar daquela noite, a mãe, que não costumava ouvir muitos relatos das andanças das meninas, ficou sabendo de tudo sobre a música misteriosa que as levara a uma caverna subterrânea. Neve e Rosa contaram tudo sobre cogumelos chamados botões de rato e saias de bailarina, e sobre o novo amigo das meninas, Ivo, que nascera no escuro e tocava rabeca em uma caverna debaixo da terra.

CAPÍTULO 6

Provisões

Duas vezes por ano, quando o dia ficava meio escuro e meio claro, acontecia o Mercado do Equinócio em uma cidade a um dia de viagem. Os mercadores chegavam de perto e de longe, vendendo frutas, animais, ferramentas, perfumes, tecidos e especiarias. Na antiga vida de Neve e Rosa, aquele era um lugar para onde os empregados iam. Mas na nova vida das meninas, pela primeira vez, a mãe foi à feira sozinha, deixando as filhas cuidando uma da outra.

A carroça da mãe delas era puxada por uma bicicleta preta e fora um presente do antigo jardineiro. Antes, ela costumava servir para transportar arbustos e ferramentas de jardinagem. Quando a mãe voltou do Mercado do Equinócio, a carroça estava cheia de potes de vidro, que tilintavam contra caixotes que continham feixes de ervas e cestos de legumes e frutas. Por cima disso tudo, muito bem amarrada, havia uma gaiola de arame.

Dentro da gaiola, aninhava-se uma linda galinha com penas marrom-douradas, que botava ovos marrons com pintinhas. Neve logo a tirou da gaiola e a segurou firme, enquanto a pequena ave gorducha cacarejava e batia as asas na tentativa de se libertar. A mãe delas lhes contou então que, quando pequena, ela tivera uma linda galinha de penas marrons, e que o nome dela era Douradinha.

"Vamos chamar nossa galinha de Douradinha também", disse Neve.

"Nesse caso, ela seria Douradinha Júnior?", perguntou Rosa.

"Douradinha Segunda", replicou Neve, categórica.

A mãe delas parecia satisfeita com os mantimentos que trouxera. E parecia segura, como se o peso ao seu redor tivesse diminuído. Ela vestiu um avental e prendeu o lenço que costumava usar no ateliê de escultura para proteger o cabelo da poeira. Depois mostrou às filhas como fazer um galinheiro dentro do galpão. De volta à casa, a mãe pegou panelas, tábuas de corte e facas para preparar comida e armazenar para o inverno que se aproximava.

"Vi o amigo de vocês no mercado, o jovem produtor de cogumelos", disse a mãe, entregando um avental a cada uma das meninas. "Ele estava ajudando os pais."

"O Ivo?", perguntou Neve, amarrando o avental.

"Então é lá que ele estava!", disse Rosa. "Nós fomos à fazenda dele. Achei que talvez estivéssemos mais uma vez procurando no lugar errado." Ela alisou o avental e endireitou o laço, depois abriu um saco, de onde começou a tirar feixes e pacotes.

"Temos que nos preparar", disse a mãe, prendendo uma mecha solta do cabelo escuro sob o lenço.

"Nos preparar para quê?", murmurou Neve, com a boca cheia de pêssego.

"Para o inverno", respondeu a mãe. "Ainda bem que eu me lembro como fazer. Nós mesmos tínhamos de preparar as coisas quando eu era pequena." Então sorriu. Foi um sorriso discreto, porém raro e reconfortante. Em seguida afastou o cesto de pêssegos de Neve. "Para quando eu não puder ir até a aldeia, e estiver frio demais para qualquer fruta ou hortaliça crescer. Então não comam tudo agora."

Neve olhou para os engradados de potes vazios.

"Vamos encher tudo isso?", questionou ela, franzindo a testa. "Mas nós acabamos de fazer a casa da Douradinha..."

"Então vamos ter ovos para comer", disse a mãe. "Mas você não vai querer comer outra coisa quando a neve chegar?"

Neve limpou os restos de pêssego da bochecha, depois olhou para a mãe com um ar desconfiado e assentiu.

"Então vocês precisam aprender a cozinhar", disse a mãe, estendendo-lhes uma colher de pau.

Neve olhou para a colher.

"Devíamos ter alguém para cozinhar *para* nós."

"Ah, não", Rosa disse calmamente, ocupando-se com uma tigela de groselhas na pia.

"Agora vamos *todas* ser cozinheiras", disse a mãe, cortando um melão ao meio com um cutelo afiado. "Vai ser divertido."

"Mas eu não quero ser cozinheira!", disse Neve, em um tom alarmado, desamarrando o avental e o atirando no chão. Podia ouvir o começo de um clamor nos ouvidos, o barulho que precede uma sinfonia de trompas desafinadas e cordas desencontradas.

Sua mãe suspirou.

"Aprender a preparar o próprio alimento é importante, Neve!"

"Eu não vou cozinhar", disse Neve.

Então a mãe falou com uma voz calma, porém séria: "Desde que chegamos aqui, tenho feito quase tudo sozinha. E agora só estou pedindo um pouco de ajuda." Ela tocou a bochecha de Neve. "Só temos umas às outras."

Neve amarrou as botas, sem parar de franzir a testa.

"Vou procurar outro lugar para morar." Em seus ouvidos, o clamor ficava cada vez mais alto.

"E o que você vai comer quando estiver frio?", perguntou a mãe.

"Acho que vou morrer de fome!", gritou Neve, batendo a porta com força.

XXX

Neve sentou-se em sua parte favorita do Jardim da Neve, seu jardim em sua antiga vida. Gengibre a seguira até o vale, em sua longa caminhada para além da floresta e da colina. Ele se aconchegou ao lado de Neve enquanto ela inspirava o perfume vindo de uma parede de flores brancas até a raiva se aquietar o bastante para ela conseguir pensar. Ela então se perguntou como as pessoas ficavam do jeito que eram. Por que as coisas a irritavam tanto, por que a faziam perder o controle, e não incomodavam Rosa da mesma maneira.

A mãe delas dizia que Neve tinha puxado o temperamento do pai, mas Neve só lembrava do pai ter perdido a cabeça uma vez, há muito tempo. Quatro cavalos enormes invadiram de repente a frente da casa, e o cocheiro não notara as duas meninas pequenas, que quase foram atingidas pelas rodas. O rosto do pai, que costumava ser gentil, foi tomado pela fúria. Ele puxou o homem do assento pela gola da camisa e o repreendeu pelo descuido. Ela sabia que ele ficara daquele jeito por causa do perigo que as duas tinham passado, mas quase não o reconhecera naquele momento.

Houve dias, desde que elas moravam na floresta, que Neve tinha se esquecido da raiva. No dia em que encontraram a biblioteca. No dia em que conheceram Ivo. Mas agora se lembrara da raiva, ou a raiva se lembrara dela. Quando pensava que a deixara para trás, a raiva sempre a reencontrava.

Neve pensou em Rosa, feliz e paciente na cozinha da antiga casa. Rosa de vez em quando preparava o jantar para elas na cabana, quando a mãe não estava muito disposta ou quando saía para ir ao mercado. Neve não sabia fazer muito mais do que torradas um tanto queimadas.

Enquanto observava o cisne branco deslizando pela superfície do lago, Neve desejou poder ser paciente. E não deixar a raiva dominá-la. Ela ficou ali entre as últimas flores brancas do ano até o entardecer.

Então caminhou em silêncio até a antiga casa, com Gengibre ao seu lado. E se viu discretamente refletida na janela.

Lá dentro, a sala de jantar estava emoldurada com perfeição, uma imagem em movimento, nítida contra o azul do céu que escurecia do lado de fora. Pessoas que ela não conhecia, uma mãe, um pai e três filhos, estavam sentados à mesa de jantar, à sua mesa de jantar. Os criados trouxeram um grande peru assado.

"*Meu* peru", disse ela, olhando para Gengibre. "É claro que eu dividiria com você."

"O que é isso?", disse uma voz calorosa e meio falha que vinha de algum lugar atrás de Neve.

Ela se virou e viu Marcel, o velho jardineiro, com o mesmo grande casaco verde que sempre usava. Seu rosto se dividia entre um sorriso e um ar de repreensão.

"Você sabe que não devia estar aqui, querida."

Neve baixou os olhos, ruborizando.

"Eu falei que você pode visitar os jardins a qualquer hora, mas não pode ficar rondando e espiando a casa... Não, isso não pode." O jardineiro franziu os olhos de papel crepom, e a sombra do bigode por fazer se curvou em outro sorriso triste.

XXX

Quando voltou à cabana, Neve ficou surpresa ao ver que sua mãe e Rosa haviam pendurado feixes de alecrim, caules de alho e sálvia de cabeça para baixo no alto da despensa. Elas haviam enchido todos os potes com compotas de groselha, pêssegos, tomates italianos, grandes pedaços de melão e abobrinha. Panelas borbulhavam no fogão. A casa cheirava a geleia de amora.

Neve se aprumou e olhou em silêncio, primeiro para a mãe, depois para Rosa.

"Posso fazer alguma coisa?"

"Você pode mexer a geleia", disse a mãe, entregando-lhe a colher de novo, como se ela não se lembrasse da birra, como se Neve nunca tivesse saído da cabana.

CAPÍTULO 7

O Homenzinho

Em uma manhã de outono de muito vento, Ivo levou Neve e Rosa para procurar cogumelos silvestres com ele. Ele sabia quais eram bons para comer e quais eram venenosos, e ensinou as meninas a distinguir as duas variedades. Em recantos escuros e à sombra de árvores caídas, eles encontraram dois tipos diferentes de cogumelos para encher as cestas: um cor de creme que parecia uma flor, e outro baixo e rechonchudo que Ivo chamava de porcino. Agora que sabiam onde encontrá-lo, de vez em quando as meninas iam até a árvore de Ivo para procurá-lo. Agora que o conheciam, se passassem muitos dias sem vê-lo, começavam a sentir saudades.

A próxima parada foi em um pomar de macieiras, onde o ar frio de outubro fazia as folhas farfalharem e as frutas vermelhas balançarem. As meninas encheram suas cestas e ajudaram Ivo a terminar de encher um saco de pano. Ivo levou uma pequena maçã à boca e a mastigou. "Eles querem que eu volte para casa antes do anoitecer." Pendurou então o saco de maçãs no ombro com os outros fardos de alimentos.

As meninas franziram a testa.

"Meus pais se preocupam muito", disse Ivo, dando de ombros. "Por eles, eu só ficaria em casa ou na fazenda. Eles não gostam que eu me arrisque por aí sozinho."

"Mas você não está sozinho", disse Rosa.

"Você sabe o que eu quero dizer." Ivo acenou em despedida, e as irmãs pegaram suas cestas. Elas acenaram de volta, e Ivo tomou a direção da casa dele.

Rosa e Neve também já iam seguir para casa quando ouviram um farfalhar atrás das árvores. Uma grande lebre marrom, muito maior do que os coelhos que tinham visto no verão, surgiu de repente do meio da vegetação rasteira e saiu correndo. O vento fazia as árvores balançarem, produzindo um chiado entre as folhas secas.

Então houve um grande estrondo, que sacudiu as folhas como um furacão repentino. Neve e Rosa ouviram o som de asas se debatendo, galhos quebrando, e um guincho alto e agudo.

As meninas seguiram o som até o outro lado das macieiras. Lá, o enorme melro que tinham visto no início do verão estava no alto de um grande carvalho, segurando algo nas garras. Rosa sabia que era o mesmo pássaro porque conseguiu ver a marca branca em seu peito.

"Talvez aquele pássaro estivesse *mesmo* tentando pegar você", disse Neve, com os olhos arregalados.

Rosa levantou a cabeça, tentando ver a batalha.

"Parece um pouco com uma pessoa. Mas muito pequena." Ela se engasgou. "Será que é um bebê?"

"Acho que tem barba!", disse Neve, olhando para cima.

"O pássaro vai sacudi-lo até a morte", disse Rosa.

Enquanto balançava no alto, o pequeno ser notou as garotas lá embaixo.

"Socooooorroooo!", berrou ele, debatendo-se. O pássaro se agitava, e o corpinho da criatura voava junto, o vulto de sua barba cor de creme riscando o ar.

As meninas se entreolharam, cada qual esperando que a outra tivesse uma ideia. Agora mal podiam ouvir o resmungo do Homenzinho em meio a tanto barulho. Só conseguiram identificar um som meio chiado:

"Você merecia coisa pior, seu tolo."

"O quê?!", gritou Neve.

"Adoráveis meninas, não fiquem aí paradas!", ele berrou para elas.

Então o pássaro grasnou alto, balançando-o pelas costas de seu pequeno casaco marrom. O melro parecia olhar para as irmãs enquanto sacudia o Homenzinho com força contra o tronco da árvore.

"Não é educado ficar só *olhando*!", retrucou ele, chocando-se contra a árvore em um baque violento.

Rosa estava com muito medo do pássaro para subir na árvore, mas teve uma ideia. Jogou um punhado de maçãs no ar, e o grande pássaro abriu o bico para abocanhá-las, libertando o Homenzinho.

"Ah, garota esperta!", berrou ele. Mas no instante em que o Homenzinho se prendeu a um galho, o pássaro mergulhou e o pegou com as garras. Então o melro pousou, segurando sua presa pendurada sobre a cabeça das meninas.

Neve saltou no ar e agarrou a perna do Homenzinho.

"Desse jeito eu vou ficar em pedacinhos", disse ele, soluçando.

Rosa agarrou-se à outra minúscula perna, e agora as duas faziam cabo de guerra com o melro.

"Não acredito que estou sendo resgatado por crianças de rua!", vociferou o Homenzinho, a barba esvoaçando em um acesso de raiva.

"Não é muito *educado* insultar quem está tentando salvar você!", rebateu Rosa.

"Elas podem acabar *soltando* você, seu ingrato...", disse Neve, puxando a perna dele com força.

Com esse último puxão, elas ouviram o som de um tecido se rasgando. O casaco do Homenzinho por fim cedera, deixando um pedaço de lã nas garras do pássaro.

O Homenzinho foi parar em um arbusto, e o pássaro, furioso, alçou voo, saindo de vista e deixando o pedaço do casaco de lã esvoaçar até o chão.

As meninas correram até o Homenzinho barbudo, caído de qualquer jeito.

"Quem é você?", perguntou Rosa.

"*O que* é você?", interrompeu Neve.

Ele se levantou e aprumou o corpo, chegando bem debaixo do nariz de Neve.

"*Essa* não é uma pergunta muito educada, garota, então só vou responder à outra."

Ele tirou as folhas da barba rala cor de creme, que cintilou sob a luz em um suave tom de dourado.

"Tive muitos nomes ao longo de muitos anos", disse ele, alisando a barba.

De repente, ele foi tomado por uma estranha calma. As garotas trocaram olhares, confusas com a rapidez com que ele parecia ter se recuperado do pavor que sentira.

O Homenzinho examinou o rasgo no casaco e continuou: "Às vezes me chamam de nanico..."

Então fez uma pausa e, aparentemente do nada, pegou um carretel de linha.

"Ou ainda de brownie, bicho-papão ou gnomo", falou ele, girando uma vez. Quando parou, suas roupas estavam remendadas e arrumadas de novo. "E, para algumas pessoas muito mal-educadas, já fui um duende." Ele se virou para as meninas, e seus olhos brilharam por um instante à clara luz do dia na floresta, como os olhos de um gato às vezes brilham no escuro. "Mas são só nomes."

Ele se agachou e começou a revirar uma pilha de folhas. Depois de um tempinho, pegou um chapéu de couro, da cor de pele de veado, colocou-o na cabeça e se endireitou.

"Conheço cada espinheiro e galho desta floresta. Conheço cada criatura, cada abelha, rato e raposa. Sei quando as flechas insistem em cair e o que as árvores viram por aqui. Sei coisas que ninguém sabe." Ele encarou as meninas, e seus olhos brilharam outra vez. "Tenho muitos nomes, crianças. Mas ninguém nunca adivinhou *o que* eu sou."

Rosa sentiu os pelos da nuca se arrepiarem.

"Agora, por obséquio, digam como se chamam", quis saber ele, apoiando o queixo na mão.

Neve olhou para Rosa, e as duas ficaram em silêncio por um instante. Quando as meninas, relutantes, responderam, os olhos dele praticamente denunciaram que ele reconhecia o nome delas.

O Homenzinho sorriu e disse:

"Neve e Rosa, meninas muito civilizadas. Agora preciso lhes agradecer." E estendeu as mãos ao lado do corpo como se oferecesse algo. "Vocês podem ganhar uma resposta ou um presente."

"Um presente!", logo gritou Neve, como se ele tivesse oferecido um prato de algo delicioso e ela estivesse morrendo de fome.

"Espera", disse Rosa. "Que tipo de resposta? Para que tipo de pergunta?"

"Bem, a resposta não importa, porque ela já escolheu", disse o Homenzinho.

"Mas não sabíamos as regras!", exclamou Rosa, sentindo que o que desejava estava fora de seu alcance, impossibilitando-a de dar um passo à frente. Tinha perdido a chance de perguntar algo que todos à sua volta haviam deixado de perguntar fazia tempo.

"Nada melhor do que um presente, crianças!", disse o Homenzinho. Algo incisivo em sua voz fez Rosa se calar. Ele sorriu para Neve, os lábios se curvando para cima. "Vocês terão seu presente, então. Fechem os olhos e estendam a mão."

Neve fechou os olhos com força e estendeu a mão.

Rosa manteve os olhos um pouquinho entreabertos. Não ia ficar ali parada, estender a mão e confiar sem pensar duas vezes em alguém que falava de maneira enigmática e não tinha um nome. Através das cortinas semicerradas de suas

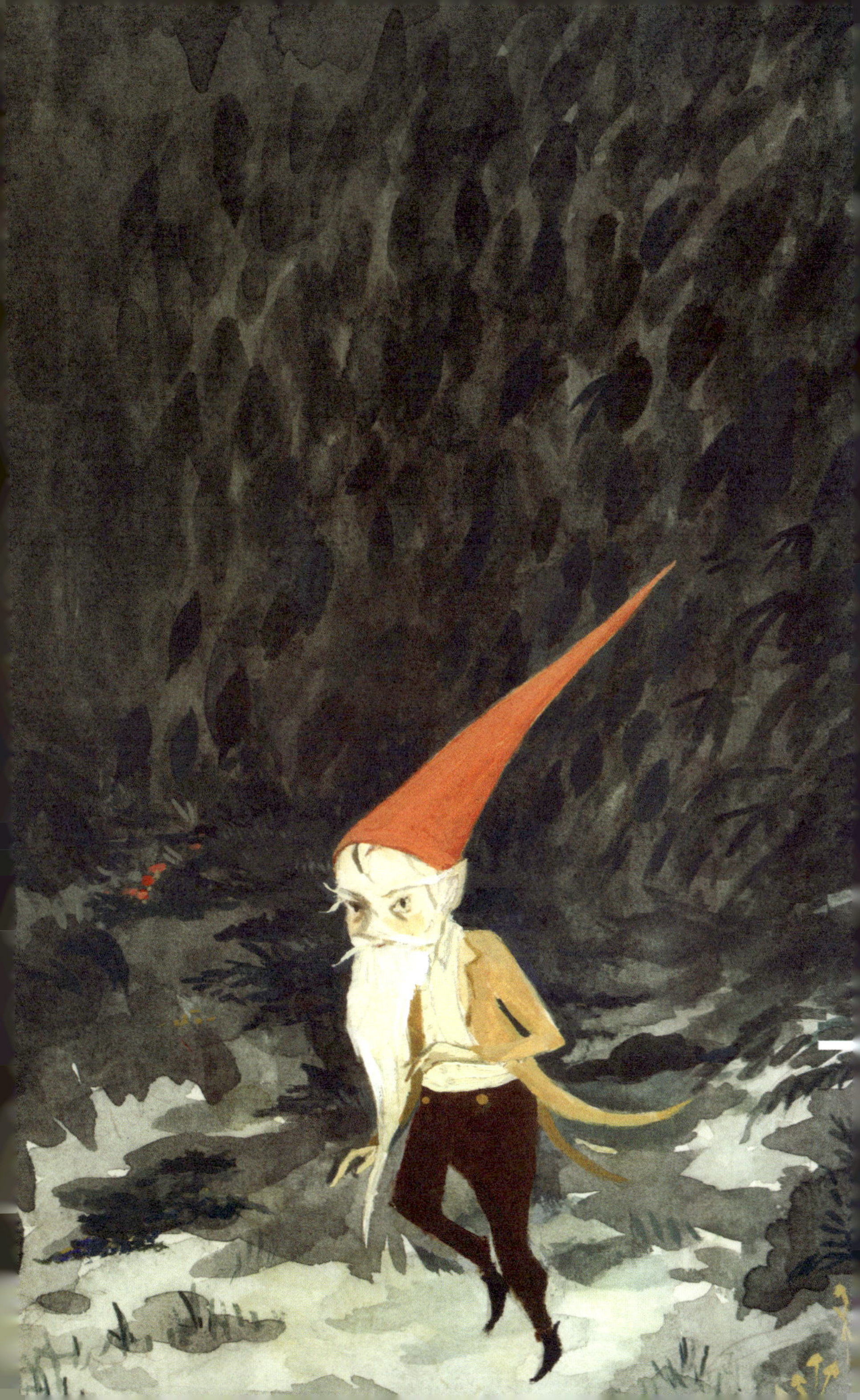

pálpebras, Rosa viu o Homenzinho juntar folhas nas mãos e depois se virar de costas. Então ouviu um som, como se alguém vasculhasse bolsos sem fundo. Vê-lo de costas lhe deu coragem, e ela abriu os olhos.

"Em todos os lugares, eu estou", repreendeu a voz do Homenzinho.

Rosa ficou tão assustada que fechou bem os olhos e não voltou a abri-los até sentir algo frio e macio na palma da mão. Neve gritou ao seu lado, e Rosa viu que cada uma delas segurava um lindo bolo em miniatura. Os bolos tinham uma espessa camada de cobertura em um tom claro de violeta, o topo deles coberto por violetas de verdade, e estavam servidos em pratos feitos de açúcar. Eram mais delicados e encantadores do que qualquer guloseima que elas já tinham comido na casa antiga.

"Como você fez isso?", perguntou Rosa, erguendo as sobrancelhas.

"Ah, isso é um segredo meu", disse o Homenzinho.

"Mas não se pode fazer algo do nada", insistiu Rosa, procurando alguma pista no rosto ou nas pequenas mãos finas dele.

"Mais uma vez, eu agradeço", disse o Homenzinho, tirando o chapéu com um aceno de cabeça. "Mas agora preciso ir."

Antes que Rosa pudesse impedir, Neve já mordera o bolo. Ela ficou olhando em volta, com a boca cheia.

"Para onde ele foi?", murmurou Neve.

Perplexa, Rosa balançou a cabeça e deixou seu bolo cair no chão antes que Neve pudesse pedir.

O estômago de Neve fez um ruído estranho, e ela olhou para Rosa como se estivesse enjoada. Então tossiu algo na própria mão e, ao abrir os dedos, revelou não uma pétala de violeta açucarada, mas uma pequena folha marrom.

Rosa olhou em volta, mas não encontrou nada. O Homenzinho havia desaparecido.

O que as árvores sabiam

"Quero que ele desapareça", disse a jovem. "Ele devia estar enterrado debaixo da terra escura, servindo de banquete para os vermes."

"Assim será um dia", declarou a velha, com uma voz calma, balançando os galhos.

"Como ele se tornou o que é?", quis saber a jovem.

"Ele já foi como nós", respondeu a velha. "Mas se desviou do caminho. Aprenda com a desgraça dele."

"Está acontecendo", disse a jovem. Uma chuva de folhas secas rodopiou, dançando no ar.

"Vamos observá-las", falou a velha. "Vamos ver."

CAPÍTULO 8

O urso

Pouco antes de se despedir, o outono ardia com rajadas de ar eletrizante e cheiro de lenha, e tudo parecia revestido de dourado, escarlate e tons amargos de marrom. Foi quando chegou o aniversário de Neve.

Uma semana antes, as meninas foram à aldeia com a mãe para comprar manteiga, farinha e um carretel de fita. Depois, foram atrás de cera de abelha para as velas enquanto a mãe escolhia algumas coisas para fazer uma surpresa.

Antes de chegarem em casa, Neve e Rosa pediram para colher ramos de azevinho e pinhas bonitas, e a mãe delas seguiu na frente. Enquanto escolhia as mais vistosas, Rosa parecia preocupada. Ela sabia que, independentemente de quantas guirlandas de pinha fizessem, a festa seria mais modesta do que os aniversários que costumavam ter.

"Sabe qual vai ser meu pedido de aniversário?", perguntou Neve.

"Você não deveria contar", respondeu Rosa.

Neve a ignorou.

"Que não demore muito para tudo voltar a ser como era antes."

Rosa suspirou.

"Mas..."

"Não faz mal desejar", disse Neve, recolhendo ramos de bagas brancas. "Meu outro desejo é que tenhamos um bolo muito, muito bom." Ela fez uma pausa. "Sem folhas."

Rosa riu baixinho.

"Como está o Gengibre?", perguntou ela, mudando de assunto e evitando falar sobre o aniversário. "Acho que ele anda se escondendo de mim."

"Lindo como sempre. Mais bonito, na verdade", disse Neve. "Não achei que isso seria possível."

Rosa notou algo que a luz deixava entrever e caminhou em sua direção. Pendurada em um galho baixo, bem na altura dos olhos, havia uma linda teia de aranha. Ela viu a aranha, diligente, estendendo seu fio, balançando-o e prendendo-o em frágeis ângulos. Rosa observou a teia crescer diante de seus olhos, fio após fio, até que de repente a teia tremeu.

Então ouviu um urro baixo, abafado e desesperado por entre as árvores. Rosa deu as costas para a aranha e olhou em volta a fim de saber de onde vinha aquele som selvagem. Era algo mais feroz do que o melro, maior que os lobos.

"Neve?", ela chamou.

O urro soou mais uma vez.

Rosa chamou Neve de novo. Então caminhou em silêncio, seguindo o som, retorcendo as mãos. Rosa sabia que o rugido vinha de algo ferido.

No lugar de onde vinha o som, ela encontrou o urso.

Ele era enorme. Maior do que qualquer urso que a mente de Rosa poderia conjurar se lhe pedissem para imaginar um urso. Sua presença atormentada preenchia a floresta. O pelo marrom luzia, tão intenso que parecia quase preto, cintilando em tom de canela nas partes em que incidia a luz do sol.

O urso soltou outro urro. De repente se levantou, parecendo ainda maior ali, de pé, sobre as grandes patas traseiras. Então arranhou a árvore ao seu lado, fazendo cortes profundos na casca cinzenta.

"Neve?", chamou Rosa mais uma vez, com uma voz urgente.

O urso voltou a ficar com as quatro patas no chão. Em seguida soltou algo que parecia um suspiro e virou a imensa cabeça. Nesse momento viu Rosa.

Ela correu para trás de uma árvore, depois deu uma espiada.

O urso olhou para ela, e ela olhou de volta. Seus olhos eram escuros e gentis, algo surpreendente em uma cabeça tão assustadora.

O urso lutava contra algo em sua pata traseira, mas Rosa não identificou o que era. No entanto, dava para ver que ele não conseguia se mover. Rosa se aproximou devagar e com cuidado. Quando estava perto o suficiente para ouvi-lo respirar e tocar o nariz de couro preto, ela viu o sangue nas folhas e a armadilha que o prendia.

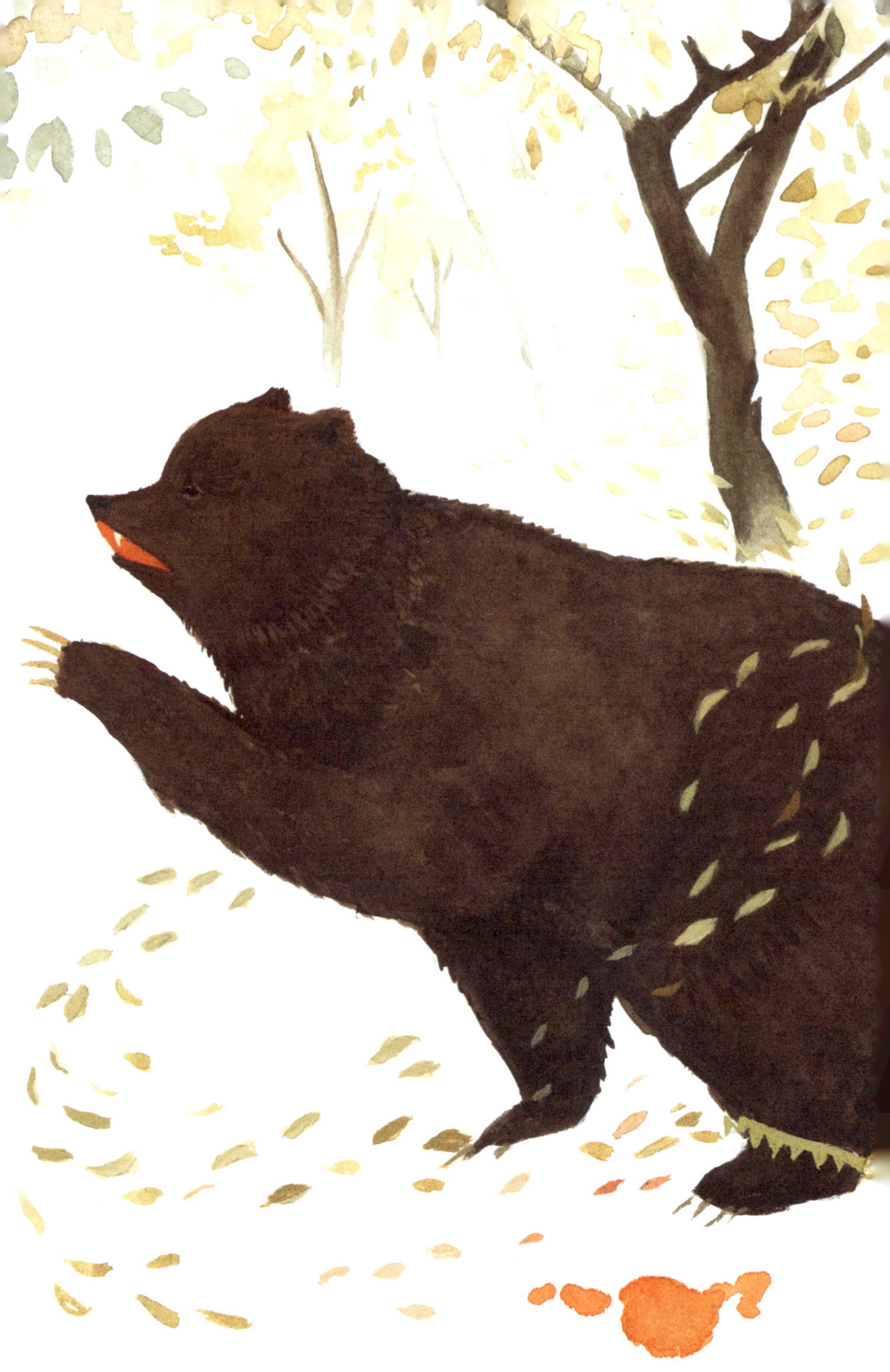

Rosa nunca tinha visto nada tão cruel quanto aquela armadilha. Era tão larga quanto o tronco de uma árvore, com duas fileiras de dentes fechadas, que prendiam e imobilizavam a perna do urso.

O urso abaixou a cabeça, e Rosa chegou mais perto. Algo no fato de ver uma criatura tão feroz em um estado tão deplorável abafou as batidas aceleradas de seu coração e silenciou a voz em seus ouvidos que recomendava cautela. Rosa pensou na fábula do rato que salva o leão.

Então ouviu a voz de Neve por cima de seu ombro.

"Pobrezinho." Sua voz soou delicada, mesmo ao ver o urso se debater. Neve parou ao lado de Rosa. "Nem acredito que você chegou tão perto dele", disse Neve.

"Temos que fazer alguma coisa", afirmou Rosa.

Ela olhou para Neve, e juntas as duas se aproximaram da armadilha. Olharam para a mandíbula de metal, cravada no pelo e na pele dele. Rosa pegou a corrente de ferro com delicadeza, mas as reverberações fizeram o urso grunhir e se encolher.

"Existem molas dos dois lados dessa parte com dentes", disse Rosa. Ela observou com atenção a armadilha e percebeu o que tinham de fazer. "Se cada uma de nós puxar de um lado, acho que conseguimos abri-la."

Rosa estremeceu quando se ajoelharam ao lado do urso.

"Podemos machucá-lo quando fizermos isso", disse Neve, com o rosto tomado de preocupação. "Será que não existe uma maneira menos assustadora de o libertarmos?"

Rosa tentou parecer segura.

"A única maneira é a maneira assustadora."

"Espere!", disse Neve, notando um pequeno buraco redondo no metal. "A chave!" Neve vasculhou os bolsos do vestido e mostrou a chave, triunfante.

Então virou a chave no buraco da fechadura, e elas ouviram a armadilha se abrir.

O urso soltou um urro terrível e se balançou de um lado para o outro. As garotas caíram para trás. Mas não foram só as meninas que ficaram para trás, a armadilha também ficou ali, no chão da floresta.

O urso bufou. Olhou para as meninas mais uma vez e abaixou a cabeça em uma espécie de reverência ou aceno. Em seguida saiu em disparada por entre as árvores, sua imponência disfarçando que mancava um pouco.

"As coisas na floresta parecem sempre precisar de ajuda", disse Neve.

Elas jogaram a armadilha em um buraco no chão e a cobriram de terra.

"Precisa de ajuda? Chame Neve e Rosa!", brincou Rosa.

"Temos experiência em ajudar todo tipo de criatura, de pessoas pequenas a ursos gigantes", continuou Neve com sua melhor voz de vendedora. Então acrescentou: "Acho que o papai ficaria orgulhoso".

Cada vez que precisava viajar, seu pai as fazia prometer: "Vocês devem ser prestativas e corajosas."

Ele falava pensando na mãe delas e nas pessoas que trabalhavam na casa. E para serem corajosas com coisas comuns, como joelhos machucados ou pesadelos. Nesse momento, as irmãs se entreolharam, os olhos verde-escuros e azul-claros tristes e orgulhosos ao mesmo tempo.

"Naquele tempo não apareciam tantas oportunidades", disse Rosa.

Neve assentiu. Então recuperaram suas cestas com galhos e pinhas e seguiram em direção à casa.

"É melhor não contarmos o que aconteceu para a mamãe", disse Rosa, olhando em volta como se a mãe pudesse estar bem atrás delas. "Como não contamos sobre a biblioteca nem o Homenzinho. É a nossa regra." As mãos de Rosa finalmente haviam parado de tremer. "Ela já anda tão triste..." Rosa tirou alguns pelos marrons de sua manga. "De qualquer maneira, nem sei se ela acreditaria em nós."

"Você acha que os objetos da biblioteca fazem as coisas acontecerem?", quis saber Neve.

Rosa deu o braço a Neve e lhe lançou um olhar hesitante. "Deve haver uma razão para a chave ter funcionado."

"Acho que essa chave tem algo de especial, assim como todas as outras coisas da biblioteca. A Bibliotecária as chamou de 'histórias'. E sua tesoura? Qual poderia ser a história dela?"

Ao chegarem em casa, Neve mostrou a chave à mãe para provar à Rosa que ela fora feita para abrir a armadilha.

"É uma chave mestra", disse a mãe, assentindo. "Um tipo especial. Abre qualquer fechadura."

"Ah", disse Neve, franzindo a testa.

Então essa é a razão, pensou Rosa.

A mãe olhou para elas.

"Onde vocês conseguiram isso, minhas meninas aventureiras?" Ela virou a chave de um lado para o outro na palma da mão, observando-a, curiosa. "Eu me pergunto o que mais vocês encontram por aí." A mãe as abraçou, apertando-as com força. "E o que vamos fazer para o jantar?", perguntou ela, indo para a cozinha.

De noite, Neve e Rosa sentaram-se na beirada da cama para conversar.

"Precisamos levar o convite para o Ivo amanhã", disse Rosa, amarrando o convite para a festa de Neve com um pequeno pedaço de barbante.

"Mas depois..." Neve revirou a gaveta da mesinha de cabeceira e pegou a carta de baralho com as nove estrelas em uma das mãos, mostrando a chave na outra. "De volta à biblioteca."

X X X

"É perto." Rosa checou as anotações que fizera na primeira vez que tinham ido até lá. Atravessaram para o outro lado da trilha, seguindo em direção a leste.

"Deixa eu dar uma olhada, hã", disse Ivo, procurando por entre as árvores à medida que passavam. "Vocês disseram que fica acima do solo?"

Quando mencionaram a biblioteca para Ivo, Neve e Rosa ficaram surpresas ao descobrir que ele não tinha ideia do que elas estavam falando. Ele nunca tinha ouvido falar do edifício alto e estreito cheio de histórias. Mas, naquele dia, os pais deram a Ivo uma tarde livre de tarefas na fazenda e, sem ter que sair para coletar alimentos, ele podia acompanhar as duas meninas.

"Bem...", disse Rosa, interrompendo-se. Ela não queria falar muito porque preferia que ele se surpreendesse, como tinha acontecido com elas.

Neve disparou à frente.

"Vai ser melhor se a gente mostrar!", gritou ela, olhando para trás. Então se virou para Rosa e Ivo. "Acho que ouvi uma cabra!"

Ivo olhou para Rosa sem entender nada.

"Nem acredito que conhecemos algo aqui que você nunca viu", disse Rosa.

"Vocês podem conhecer esse lugar, mas eu conheço a floresta", disse Ivo na defensiva. "Essa biblioteca não deve estar aqui há muito tempo."

"Bem, *parece* que está aqui desde sempre", disse Rosa.

Então lá estavam eles, no caminho que levava à casinha estreita. Passaram pela placa, a mão pintada que rangia ao balançar.

Rosa bateu à porta pesada, que, desta vez, não se abriu sozinha. Os três esperaram e não ouviram nada. Neve mexeu os pés, impaciente, batendo de novo.

Eles vislumbraram um vulto passar pela janelinha que ficava ao lado da porta e tinha os vidros foscos de tanta poeira. Nesse momento, o alto da cabeça da Bibliotecária apareceu, mas logo sumiu de novo. Mais um minuto se passou antes que eles ouvissem passos desequilibrados se aproximando da porta, e em seguida o som ruidoso de metal de uma, duas, três fechaduras sendo destravadas.

A Bibliotecária espiou pela porta, olhando por cima da cabeça das crianças, os olhos correndo de um lado para o outro.

Rosa limpou a garganta e a cumprimentou com um aceno tímido.

"Olá", disse a Bibliotecária, abrindo a porta. Eles entraram atrás dela, que logo trancou as três fechaduras. "Cuidado nunca é demais. Ainda mais hoje em dia."

Neve, Rosa e Ivo se entreolharam.

"Vocês voltaram!", disse a Bibliotecária, sorrindo. "E vejo que trouxeram um visitante!"

"Muito prazer", disse Ivo e, em seguida, uma cabrita de pelo castanho se aproximou dele e começou a mastigar a manga de seu suéter. Rosa o socorreu, colocando-se entre ele e a cabra.

"Entrem!", disse a Bibliotecária. "Acrescentamos novas histórias desde sua última visita."

As crianças olharam para a escada junto às centenas de pequenas prateleiras.

A Bibliotecária caminhou até o escritório, onde começou a amontoar as coisas em algumas pilhas vacilantes, na tentativa de ganhar algum espaço.

"Digam-me se posso ajudá-los com alguma coisa!", gritou ela. "Ou se tiverem alguma devolução."

"Só vou dar uma olhada", disse Ivo, e começou a subir a escada. As meninas foram até a mesa da Bibliotecária.

"Tenho uma devolução", disse Neve, pegando a chave e colocando-a na palma da mão da Bibliotecária.

A mulher poliu a chave na manga do suéter e a jogou em uma caixa de metal a seus pés, onde caiu com um tinido.

"Mas também temos uma pergunta", falou Rosa.

A Bibliotecária aquiesceu, vasculhando a mesa.

"É sobre...", começou Neve, mas logo parou, em expectativa.

A Bibliotecária parecia não estar muito atenta enquanto jogava as coisas de um lado para o outro.

"É sobre as histórias", Neve disse com uma voz impaciente.

"Por favor", acrescentou Rosa.

"Aqui estão!", anunciou a Bibliotecária. Ela pegou outra lata velha como aquela que continha as migalhas de suspiro da última vez. Mas agora ela estava cheia de uma miscelânea de doces, alguns embrulhados, outros desembrulhados. "Por favor", disse ela, oferecendo a lata para as meninas.

"Sobre as histórias", repetiu Rosa com firmeza enquanto olhava para os doces. Alguns pareciam suspeitamente mordiscados. Neve enfiou a mão e desembrulhou uma bala de hortelã.

"Um-hum", disse a Bibliotecária, assentindo. "Sim, o que tem elas?"

"As coisas na sua biblioteca, as histórias... Você sabe o que vai acontecer nelas?", indagou Rosa. Ela tinha certeza da resposta, mas queria que Neve ouvisse.

"Não sei se entendi direito", disse a Bibliotecária.

A cabrita preta apareceu e começou a devorar o conteúdo da lata de doces. A Bibliotecária a enxotou, mas ela nem se mexeu.

Ivo interrompeu a conversa entre elas, chamando de algum lugar no alto da escada.

"Acho que este aqui é um botão que eu perdi!"

Neve, Rosa e a Bibliotecária olharam para cima.

"Talvez sim, talvez não", replicou a Bibliotecária. Virou-se de novo para as meninas e sorriu. "Sim, minha querida... O que mesmo você ia dizendo?"

"Bem, e se eu quisesse uma história específica sobre... sobre encontrar alguém", começou Neve, olhando primeiro para Rosa, depois para a Bibliotecária. "Eu poderia retirar uma história assim?"

A Bibliotecária balançou a cabeça.

"Não funciona desse jeito."

Neve enfiou a mão no bolso.

"Toma, eu trouxe o meu cartão."
A voz de Ivo as interrompeu novamente.
"Acho que este apito é meu também!" Então ouviu-se um som agudo vindo da escada. "O papai esculpiu para mim. Devo ter perdido em algum lugar..."
Enquanto a Bibliotecária mais uma vez gritava "Talvez sim, talvez não" para Ivo, Rosa olhou para Neve e viu os olhos da irmã se encherem de decepção. Rosa tinha certeza de que estava certa sobre a chave. Que *havia* uma explicação. Sempre havia. Mas em algum lugar dentro dela, bem escondida em um cantinho, havia uma parte que queria estar errada.

"Certo, então o que mesmo vocês queriam saber?" A Bibliotecária voltou-se para as meninas sentadas à sua frente.

Neve ficou quieta, aborrecida com aquela conversa inútil. Ela olhou para Rosa, os pés se movendo por entre as pilhas instáveis.

O apito soou de novo, desta vez mais alto. Elas viraram e viram Ivo à sua espera.

"Como isso funciona, hã?"

A Bibliotecária começou a procurar a caixa de cartões. Enquanto procurava, ela explicou que, com o cartão da biblioteca, ele poderia retirar coisas, o que quisesse. Ivo era educado demais para discutir com ela sobre *o que* exatamente pertencia a *quem*, então só pegou um cartão e o apito.

"Você quer subir a escada e procurar outra coisa?", perguntou Rosa.

"Acho que não", respondeu Neve, suspirando.

Então eles se dirigiram à porta da frente, a cabra castanha e a preta logo atrás, as duas tentando morder uma das tranças de Rosa.

Enquanto a Bibliotecária destrancava a porta e as crianças saíam, Ivo apitou duas vezes e disse:

"Muito obrigado, hã."

"Vocês são bem-vindos a qualquer hora", disse a Bibliotecária. "Bem, não a qualquer hora. Na hora certa, vocês sabem."

Eles se despediram, e Neve, Rosa e Ivo começaram a ir embora.

"Mais uma coisa!", bradou a senhora. As crianças pararam e se viraram.

A Bibliotecária olhou para Rosa, depois para Neve, de um jeito bastante astuto e diferente da pessoa que costumava ser. Sua voz soou certa e segura.

"Para descobrir *de verdade* sobre o que é uma história", disse ela, "você não deve perguntar ao escritor. Você deve perguntar ao *leitor*."

Neve olhou para Rosa como quem pergunta: *O que isso quer dizer?* Mas então a cabritinha preta saiu correndo da casa e disparou atrás de Ivo e das meninas por entre as árvores. Enquanto voltavam para a trilha, eles ouviram a Bibliotecária gritando para a cabra entrar na casa.

CAPÍTULO 9

Uma festa de aniversário

Na noite anterior ao aniversário de Neve, Rosa não conseguia dormir. Ficou acordada no frio, ouvindo um som que não tinha certeza se estava lá: o som do urro dolorido do urso.

Decidiu ir até a cozinha escura para pegar água e viu que a porta da frente estava aberta. Lá fora, em meio ao ar gélido da noite, um toco de vela brilhava. A mãe delas estava sentada sozinha, usando um suéter grosso, os joelhos junto ao peito. Um cheiro familiar pairava ao redor dela, e um fio de fumaça subia à sua frente. Rosa não sabia se era uma daquelas vezes em que sua mãe queria ficar sozinha ou se deveria se sentar ao lado dela.

"Rosinha?", disse a mãe, ouvindo ou sentindo a presença da filha. "Estou preocupada com amanhã." Em seguida se virou, e Rosa viu que ela fumava o velho cachimbo do pai.

Rosa se sentou ao lado dela, surpresa ao ver o cachimbo.

"Eu queria poder dar uma linda festa para a Neve..." A mãe suspirou, ajeitando o cabelo de Rosa, que estava bagunçado por ela ter saído da cama. "Mas o que tirou *seu* sono?" Então soltou uma nuvem de fumaça e esboçou um sorriso. "Sempre consigo ver o que incomoda a Neve. Ela é transparente como o vidro. Já você é... Não consigo ver você por dentro. Você é como a madeira, talvez. Ou o leite. Insondável. Minha garota insondável."

"Não é nada", disse Rosa. Não queria contar à mãe sobre o urro de dor do urso. Ou sobre o urso. "Eu não sabia que você..." Rosa apontou para o cachimbo.

"Ah!", disse a mãe, rindo baixinho e parecendo constrangida. "Não sei se é porque me acalma, porque me lembra seu pai ou... não sei bem o motivo." Então soltou um fio de fumaça, pálido contra a noite escura. "Provavelmente as duas coisas." Fez uma pausa. "Estou fazendo tudo que posso, Rosinha."

Rosa pousou a mão na da mãe.

"Eu também."

x x x

Na manhã seguinte, quando as meninas acordaram, a sala principal da cabana era uma versão silvestre dos grandiosos aniversários do passado. Rosa prendeu a respiração à medida que os olhos de Neve absorviam tudo. Em vez de estrelas com purpurina, havia galhos de frutinhas e buquês de bolotas de carvalho amarrados com fita. No lugar de serpentinas prateadas, havia guirlandas de pinhas no alto.

Em vez de pilhas decadentes de bolos perfeitos, havia um bolo simples, com camadas de compota. Onde haveria uma mesa cheia de presentes em embrulhos extravagantes, havia apenas dois presentes, embrulhados em papel pardo e amarrados com um barbante azul.

Neve se virou para Rosa.

"A mamãe fez tudo isso?" Seus olhos percorreram a sala novamente. "Está lindo!" Ela sorriu e assentiu em agradecimento.

Rosa bocejou.

"Eu ajudei", sorriu ela, sonolenta. Então se inclinou na direção de Neve e sussurrou: "E usei a tesourinha da biblioteca para cortar as fitas. Talvez a história da tesoura seja sobre uma festa de aniversário".

Neve balançou a cabeça de um lado para o outro.

"Na última vez, resgatamos um urso", sussurrou ela. "A tesoura deve servir para algo mais emocionante do que uma festa."

A mãe das meninas apareceu por trás, com o cabelo preso e penteado, os lábios rosados. Rosa ficou surpresa ao vê-la assim depois da noite anterior, e também por causa do jeito como estivera por meses e meses. Era como se ela tivesse dormido por muito tempo e acordado um dia, naquele dia, os olhos vívidos, usando seu vestido mais bonito.

"Que sorte a minha ter você por dez anos inteiros!", disse a mãe, abraçando Neve.

Ouviram então uma batida à porta da cabana.

"Quem poderia ser?", questionou a mãe, abrindo-a. O ar frio e o cheiro de folhas preencheram a entrada.

Ivo esperava à porta educadamente, a silhueta esguia delineada à luz do sol. Ele trazia a rabeca amarrada às costas e segurava um pequeno pacote de formato meio irregular, embrulhado em tecido. A mãe agradeceu antes de colocar o presente dele na mesa com os outros dois.

"Entre", disse ela.

"Obrigado, senhora", respondeu Ivo, limpando os sapatos com cuidado antes de entrar. "Posso ficar até escurecer", ele acrescentou, com o rosto sério. A mãe delas assentiu, retribuindo o olhar sério.

"Encontrou fácil a nossa casa?", quis saber Rosa.

Ivo fez que sim.

"Sua explicação foi boa."

"Que bom que eles deixaram você vir", acrescentou Neve.

As orelhas de Ivo ficaram rosadas.

"Bem, se dependesse da minha mãe, eu cavaria um túnel até aqui."

Ele olhou para o interior da pequena cabana como se fosse um grande salão que precisasse ser apreciado devagar.

"Eu não sabia que vocês moravam em um lugar tão bonito, hã", disse ele, pegando com cuidado o pequeno elefante de bronze.

Em seguida passou pela pequena estante, tamborilando as lombadas dos livros com a ponta dos dedos. Andou pela sala, admirando a mesa e acariciando as mantas jogadas no encosto de um banco. Seus olhos e dedos não registraram os buracos na madeira nem os pontos gastos no tecido.

A tarde foi repleta de música e brincadeiras. Ivo era bastante hábil em fazer bichinhos de sombra. As meninas fecharam as cortinas e o viram projetar cachorros e coelhos na parede, terminando com um lindo cisne.

Pela primeira vez, Neve tirou o violino da prateleira e tocou sua música preferida. Era bonita e melancólica e, mesmo que algumas notas não tivessem soado direito, ela se lembrava mais do que havia esquecido. Depois foi a vez de Ivo, que tocou uma giga rápida e animada, feita para dançar. Quando terminaram, Neve e Ivo se curvaram, e o público aplaudiu.

Eles tomaram copos de sidra de maçã com noz-moscada e comeram muitos pedaços de bolo até chegar a hora dos presentes.

O de Ivo era um pacote de doces meio empelotados, alguns açucarados com pintinhas vermelhas, outros cobertos de chocolate.

"Cogumelos doces", disse ele. "Não levam cogumelos de verdade", acrescentou, vendo o rosto de Neve. "A mamãe faz como uma guloseima."

Havia também duas pedras pequenas com o doce.

"E duas pedras de centelhar", disse Ivo, acrescentando: "São pedras de *verdade*, e *não* doces".

"O que elas fazem?", quis saber Rosa.

Ivo pegou as pedras escuras e bateu uma na outra.

"Acendem a lenha..." Faíscas brilharam no ar, iluminando a mesa. Ivo pôs uma pedra na mão de Neve. "E aquecem os bolsos." A pedra era lisa, e um calor confortável se espalhou da palma da mão dela para os dedos. Neve a fez circular ao redor da mesa para que a mãe e a irmã pudessem senti-la.

"Obrigada", disse Neve, sorrindo enquanto mordia o chapéu de um cogumelo de chocolate.

Em seguida desembrulhou um cachecol rústico e não muito bem-acabado que Rosa havia tricotado com lã cinza-clara.

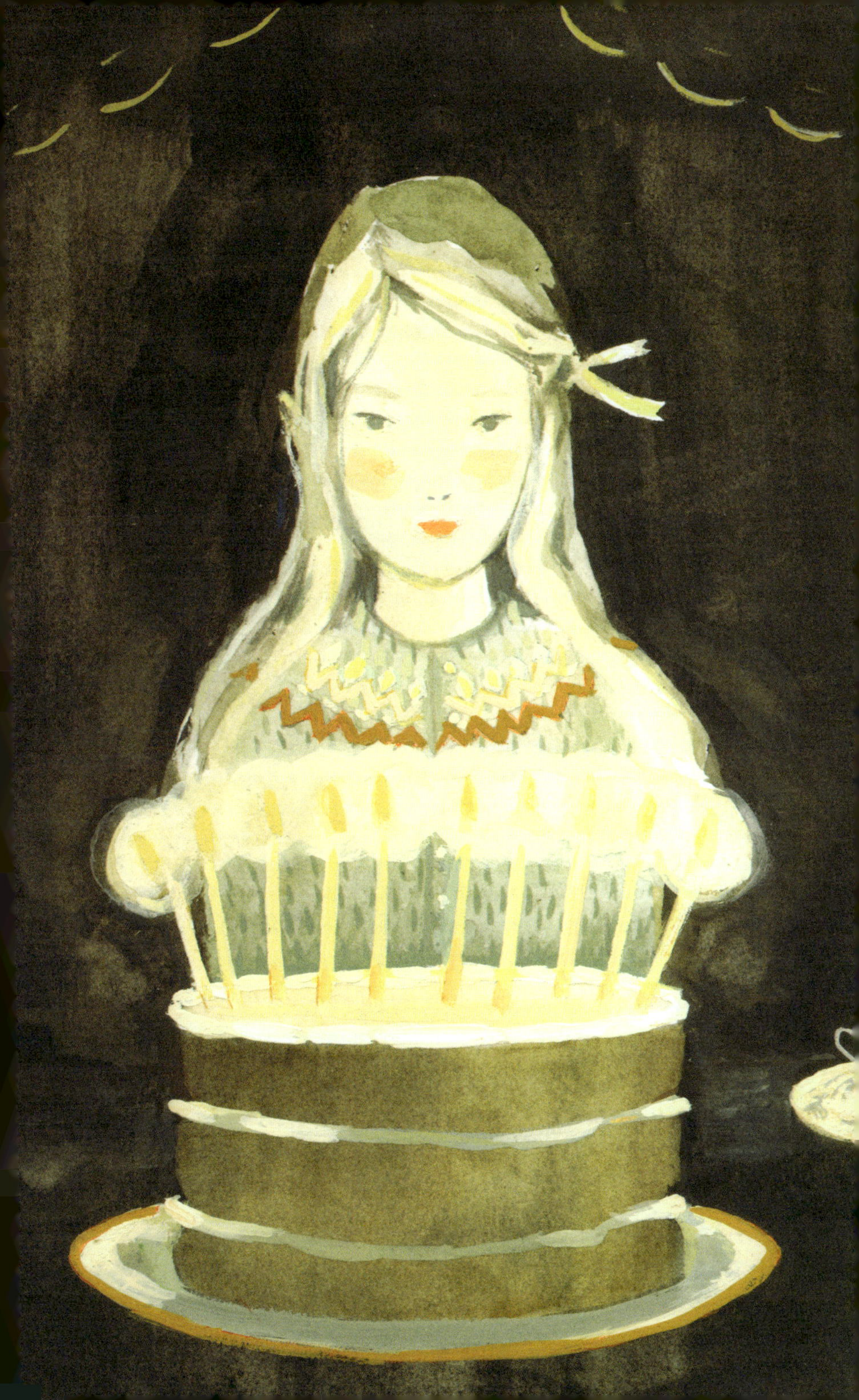

"Prometo que vou fazer algo melhor para você quando eu ficar boa nisso", disse Rosa, corando. "Eu queria fazer algo bonito para você." Olhou para o cachecol, franzindo a testa. "Mas com certeza não é isso."

"É... *interessante*", disse Neve, tentando bravamente amarrá-lo em volta do pescoço. "E... quentinho?"

"É horrível!", berrou Rosa, caindo na gargalhada. Todos os outros riram também.

"Fiz algo quente para você também, Floco de Neve", disse a mãe, colocando o último pacote na frente dela.

Dentro havia uma capa azul-clara feita com lã macia.

"Da cor dos seus olhos", acrescentou a mãe, com um de seus raros sorrisos nos lábios e na voz.

Neve olhou em volta.

"E... é tudo", disse ela.

Todos ainda sorriam quando o sorriso de Neve começou a desvanecer.

"Você já fez seu pedido de aniversário?", perguntou a mãe, tentando fazer o momento feliz perdurar.

"Sim", disse Neve, baixando a voz.

Seu olhar ficou distante, e ela tentou dar outro sorriso, mas não conseguiu formar um sorriso natural. O lábio tremeu, e uma lágrima desceu pelo canto do olho.

Rosa sabia que ela lutava contra aquilo que queria dominá-la.

Neve piscou para conter as lágrimas.

"Obrigada pela..." Ela fez uma pausa e se acalmou. "Obrigada pela linda festa."

Então algo macio e quentinho muito familiar tocou sua perna. Neve olhou para baixo, viu mais um convidado da festa e deu um largo sorriso.

"Gengibre!", disse ela, enxugando os olhos na manga.

Mas o gato sibilou e deu uma patada na menina, depois correu meio nervoso para debaixo da mesa.

"Qual o problema dele?", perguntou Neve.

O gato começou a saltitar pela sala até se jogar no tapete perto da lareira e miar alto.

"Ele está doente?", perguntou Rosa.

A mãe delas foi até o gato, que se agachou, emitindo um som agudo, mas, relutante, deixou que ela coçasse atrás de suas orelhas. Ela franziu a testa e pousou a mão com delicadeza na barriga redonda do gato. Em seguida se levantou e sorriu para as três crianças.

"O cavalheiro Gengibre vai ter gatinhos."

Neve, Rosa e Ivo se entreolharam, sem saber o que dizer.

"Todo esse tempo, ele era uma menina!", disse Neve, incrédula.

Tanto ela quanto Rosa disseram algumas variações dessa frase pelo menos uma dezena de vezes enquanto esperavam. E fizeram um grande ninho de cobertores no tapete para dar privacidade à gata e um lugar macio para ela descansar. Gengibre se escondeu em meio aos cobertores, enrolada como uma concha.

A mãe das meninas preparou um bule de chá, e ficaram tanto tempo observando Gengibre deitada nos cobertores que Rosa quase adormeceu.

Por fim, Gengibre, a gata, começou a grunhir. Sons perturbadores vinham das cobertas.

Quando tudo se acalmou, eles se aproximaram do ninho de pano e, lenta e delicadamente, Neve afastou o cobertor para o lado. Enroscados contra o travesseiro grande e macio da barriga de Gengibre, havia três minúsculos gatinhos, ainda cegos e meio gosmentos, se contorcendo.

Todos se aproximaram em silêncio para vê-los.

"Eles deviam ser assim mesmo?", sussurrou Rosa.

"Parecem um pouco com ratinhos", murmurou Ivo. "Vocês não acham?"

Gengibre limpou os filhotes com sua língua áspera. Depois do banho, os gatinhos se transformaram em bolas felpudas de orelhas macias, narizes rosados e caudas curtas que balançavam de um lado para o outro: um preto, outro branco e um listrado de cinza, como a mãe.

"São as coisas mais fofas que já vi", disse Neve. E, dirigindo-se aos gatinhos: "Não se preocupem com nada. Vamos cuidar muito bem de vocês". Então olhou para a mãe. "Nós *podemos* ficar com eles?"

"Eu... não sei se podemos ficar com todos...", a mãe respondeu com cuidado. "Talvez um?"

"Talvez três!", disse Neve. "O gatinho branco para mim e o preto para a Rosa! Foram feitos para serem nossos!" E continuou, lançando um olhar suplicante para a mãe: "E o cinzento, ele... Não podemos dar nenhum deles!".

"Vamos ver", disse a mãe, beijando a cabeça de Neve.

Neve abraçou a mãe pela cintura. Rosa sorriu e saiu em busca de mais cobertores, enquanto Ivo olhava o entardecer pelas janelas.

Elas foram até a porta para se despedir dele e o acompanharam com o olhar até Ivo desaparecer no azul-escuro da floresta.

Quando entraram, Rosa tentou ajudar a mãe com a limpeza, mas mal conseguia manter os olhos abertos, então foi para a cama no sótão. Neve fez uma caminha perto da lareira para dormir perto de Gengibre e dos gatinhos. Deitada de lado, o rosto apoiado em um travesseiro junto às três pequenas bolas de pelos, sussurrou:

"Feliz aniversário."

CAPÍTULO 10

O monstro do rio

Depois da festa de aniversário, choveu por dias a fio. O tempo ruim enevoou a disposição momentânea da mãe, mas Neve e Rosa mal notaram porque agora tinham os gatinhos. Os miados fininhos, o tamborilar frio no telhado e o som da água fervendo para o chá eram tudo que ouviam. Por fim, aqueles dias sonolentos terminaram e o céu clareou. Neve e Rosa disputaram para ver quem conseguia amarrar as botas primeiro. Beijaram os gatinhos, deixando-os aos cuidados de Gengibre, e saíram correndo sob o céu claro.

A chuva fez com que as folhas marrons, que se espalhavam pelo chão, ficassem escuras e escorregadias. Dava para ver o ar frio da respiração das irmãs enquanto caminhavam para a casa de Ivo.

Elas atravessaram a floresta e desceram até o riacho. Na pressa de sair, Rosa se lembrara de pegar a bolsa, mas esquecera sua capa até ver Neve quentinha com a dela. Mesmo de suéter, Rosa estremeceu, e Neve percebeu.

Orgulhosa, Neve enfiou a mão no bolso e tirou dali as pedras que Ivo lhe dera. Esfregou uma contra a outra, e um clarão brilhante iluminou o ar úmido, deixando um rastro de fumaça azul. Neve entregou as pedras para Rosa.

"Você pode usá-las."

Rosa colocou uma pedra em cada um dos bolsos, deixando-os uma delícia de quentes.

A luz ali fora estava diferente. Era fria e brilhante, uma luz de inverno. A maioria das árvores estava nua, as últimas folhas tinham sido arrancadas pela tempestade. Quando Neve e Rosa chegaram ao pequeno riacho que tinham atravessado durante o verão, viram que ele também estava diferente. Os dias de chuva praticamente o haviam transformado em um pequeno rio.

As irmãs caminharam próximo à margem, vendo a água correr sobre as rochas. Passaram por uma curva familiar, o rio atingindo um nível bem acima do habitual.

De repente, avistaram algo se debatendo na água um pouco mais à frente. Então aceleraram o passo para ver o que era. Ao se aproximarem, viram um peixe monstruoso, parecido com um crocodilo prateado sem pernas.

Parecia um animal ancestral, o corpo coberto de barbatanas afiadas e escamas metálicas. O peixe estava inquieto na água rasa. Tinha pelo menos um metro e meio de comprimento, grande demais para ficar à vontade em um pequeno riacho de floresta.

Sua mandíbula prendia outra criatura, alguém que as meninas ficaram surpresas em ver de novo. O Homenzinho agarrava-se aos juncos na margem do riacho e chutava a boca do peixe, tentando se livrar. Os dentes prateados romperam em meio à água límpida, extensas fileiras de agulhas ao longo da grande mandíbula articulada da criatura. O Homenzinho se virou para encarar o peixe, aos gritos.

Neve encarou Rosa com uma expressão que dizia: *De novo?!*

O Homenzinho avistou as irmãs na borda.

"Ah, doces meninas!", disse ele, ofegante. Seus pés escorregaram na lama da margem e metade de seu corpo estava dentro d'água. "Minhas salvadoras!"

Com as barbatanas laminadas reluzindo sob a luz, o peixe pegou o Homenzinho de jeito, e ele foi levado para debaixo d'água.

O tempo mudou, e o céu claro ficou nublado. Rosa olhou para as nuvens, pronta para ir embora, mas um pensamento cruzou-lhe a mente. Se o ajudassem de novo, ele teria que lhes oferecer outro presente, outra resposta. Ela olhou para Neve, as duas se lembrando de seu jeito desagradável e misterioso, ponderando se deviam ajudá-lo. Então surgiram fios de sangue na água, como gotas de aquarela vermelha.

As meninas desceram a margem lamacenta para ajudar, manchando as meias. O Homenzinho lutava para manter a cabeça acima da superfície.

"Ah, por favor! É o meu fim!", gritou ele antes de ser puxado mais uma vez.

A água se agitava com a movimentação de braços, pernas e escamas prateadas. Um braço pequeno rompeu a superfície.

As meninas se apoiaram nas raízes que se projetavam da margem do rio. Rosa segurou Neve pela cintura, e Neve estendeu o braço para agarrar e segurar os dedos dele.

Elas puxaram com toda a força e conseguiram levantar o Homenzinho o suficiente para ele respirar. Ele arfou em busca de ar, agitando os braços. Seu corpo estava livre das mandíbulas do peixe, exceto a barba, que estava emaranhada nos dentes pontiagudos. Ao perceber que a barba não se soltava, Rosa teve uma ideia. Revirando a bolsa pendurada contra o peito, encontrou a tesoura da biblioteca.

"Vamos ter que soltá-lo!", Rosa gritou.

"Você quer dizer deixá-lo ir?", Neve berrou de volta.

O Homenzinho guinchou.

"Não! Estou com a tesoura", respondeu Rosa.

"Não posso aguentar por muito mais tempo", disse Neve.

"Carambolas!", exclamou, atingida pela água fria.

Rosa se esticou para entregar a tesoura a Neve, que soltou uma mão. Ela agarrou o objeto e, em um piscar de olhos, usou as pequenas lâminas para cortar a barba emaranhada. Neve caiu para trás, no colo de Rosa. O Homenzinho voou para a margem do rio. Derrotado, o peixe nadou para longe, as barbatanas deixando um furioso rastro prateado acima das pedras escuras.

Então o homem uivou.

Seus dedos agarraram o ar sob o queixo.

"Estou mutilado!", choramingou ele. "Minha adorável barba!" Ele procurou pelo chão ali perto. "O que vocês fizeram com ela? Suas ladras!"

As meninas se limparam e se levantaram.

"Nós cortamos sua barba para salvar você", disse Rosa.

"Mas ela vai crescer de novo."

Neve franziu a testa.

"Você podia parar de gritar e nos agradecer, isso sim!"

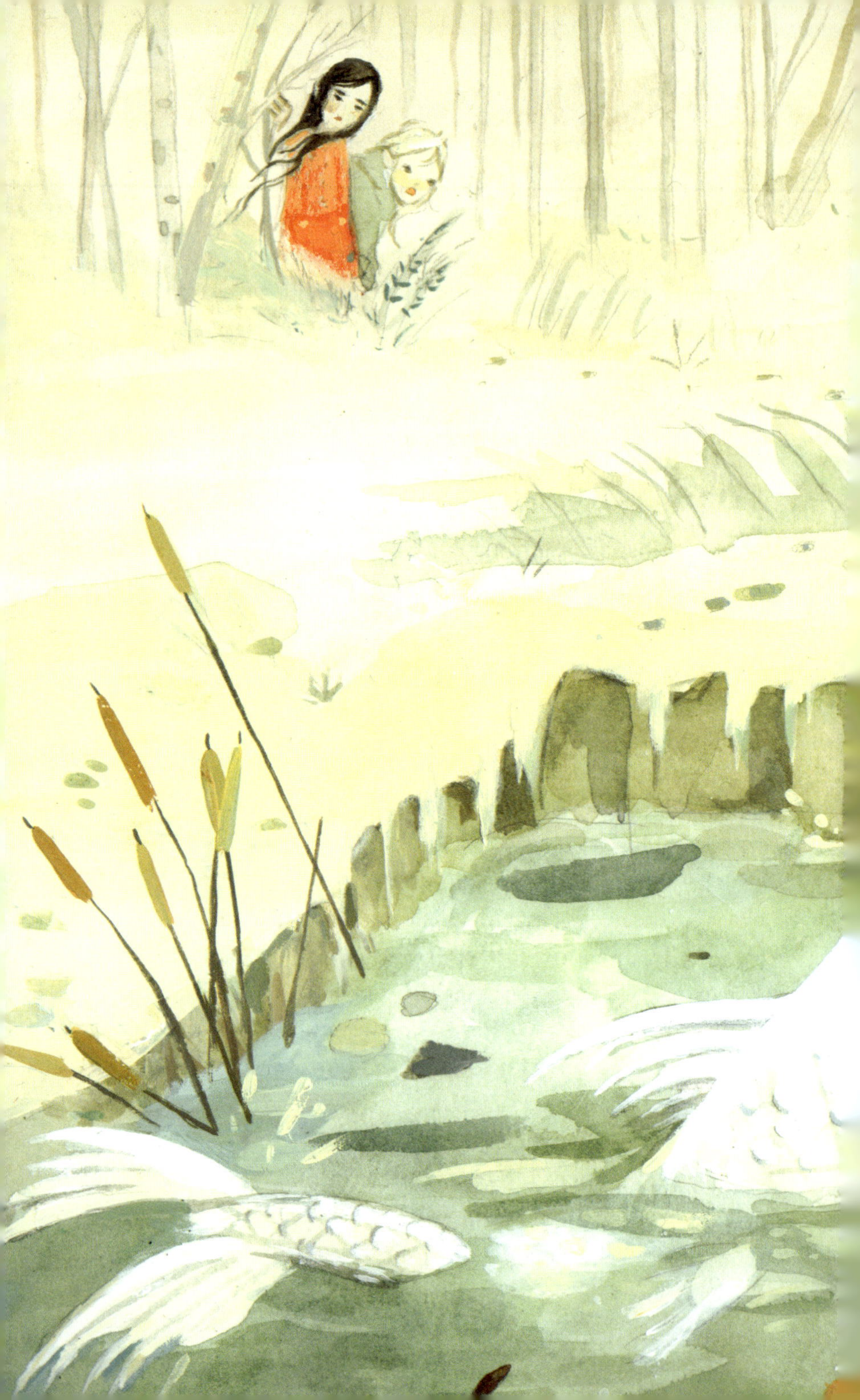

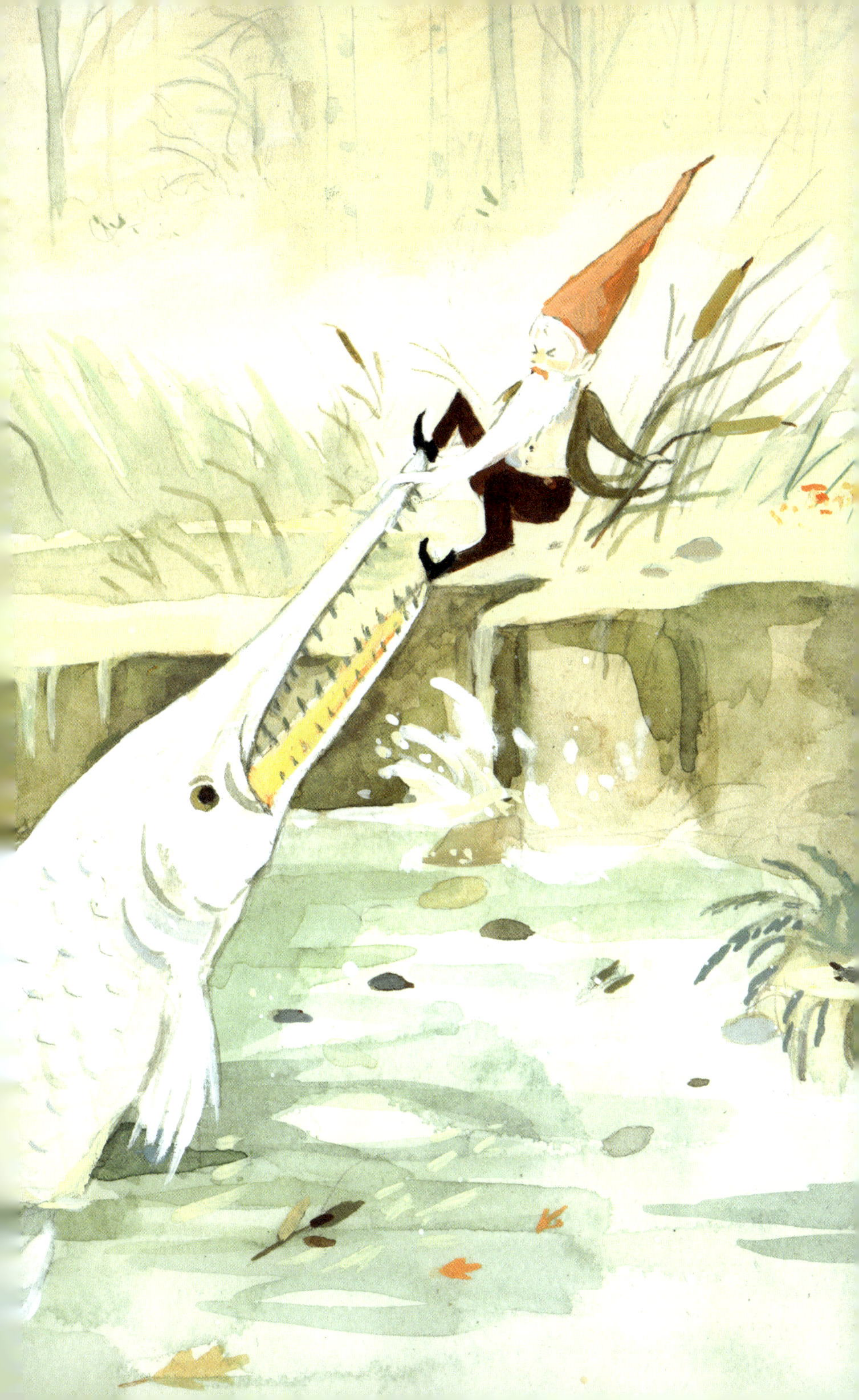

"Não!", disparou o Homenzinho. "Nenhuma gratidão pelas garotas selvagens!"

As mãos de Rosa estavam quase dormentes de frio. Ela tateou à procura das pedras, que haviam esfriado nos bolsos. Quando ela atritou as pedras, produzindo faíscas, o Homenzinho saltou para trás e gritou:

"Fogo!"

Era a primeira vez que as meninas viam seus olhos tomados de medo.

"Nada mais perverso", murmurou ele.

"Nós devíamos jogar você de volta no rio", disse Neve, olhando para Rosa em busca de permissão.

"Sinto muito se fizemos algo de errado", falou Rosa. "Da outra vez... você disse que a gente podia fazer uma..."

"Não! Nada de perguntas!", gritou ele. "E nada de presentes!"

O coração de Rosa se entristeceu.

"E aquela história de 'Isso é educado, isso não é educado'...?"

"*Vocês* não são educadas!" Ele agarrou os restos desgrenhados de sua barba e virou-se para ir embora.

Antes que ele pudesse ir longe, Neve o pegou pelo ombro.

"Espere aí um MINUTO!", disse ela, erguendo a voz a cada palavra até gritar.

Rosa correu até eles e se agachou.

"Você disse que sabe tudo que acontece na floresta, não é?" Rosa olhou nos olhos dourados dele. "Nosso pai estava viajando aqui, e ele..."

"Ande logo com isso!", esbravejou o Homenzinho, tentando soltar o ombro.

"Ele nunca voltou para casa", acrescentou Neve, apertando ainda mais.

"Eu pensei...", disse Rosa, com a voz tomada de desespero. "Você sabe de alguma coisa? Ele estava em um cavalo marrom."

O Homenzinho finalmente soltou o ombro, e Neve cruzou os braços.

"Se vocês queriam perguntar o que a floresta sabe", disse o Homenzinho, estreitando os olhos, "o que *eu* sei, não deveriam ter me mutilado."

Ele se inclinou ainda mais na direção de Rosa. Era só rugas e ossos, mas era luminoso. Velho e jovem, tudo ao mesmo tempo.

Rosa sentiu a respiração dele, fria como o ar do inverno.

"É melhor vocês nunca mais cruzarem o meu caminho nem colocarem as mãos em mim", sibilou ele. E, sussurrando em um tom baixo e ameaçador, disse: "Perigoso eu sou".

Dito isso saltou para longe, mais parecendo um gafanhoto superdesenvolvido.

Rosa começou a chorar, e começou a chover de novo.

As meninas ficaram olhando uma para a outra, cobertas de lama.

"Eu não tinha notado as pernas dele", disse Neve.

"Nem eu", disse Rosa, sem nenhuma emoção na voz. Por mais que tentasse pensar com clareza, vira algo que não conseguia entender. "Acho que elas não se dobram do jeito certo."

CAPÍTULO 11

Coisas com dentes

A chuva tamborilava ao redor delas, esfriando-lhes a cabeça e rolando pelas faces das meninas. Rosa estava quieta, e Neve pisoteava a terra, furiosa.

"Pode ser qualquer bicho... Ele pode estar na boca de um dragão..." Elas fizeram a curva na floresta das samambaias altas e seguiram até a árvore de Ivo. "Não me importo... O dragão pode arrastá-lo para..."

"Olá", disse Ivo. Ele usava um chapéu de pele e estava embaixo da árvore grande e retorcida que crescia acima da fazenda. "Estou ouvindo seus gritos desde lá embaixo."

Neve olhou para o chapéu dele.

Ivo olhou para cima como se tivesse esquecido que o usava.

"Ah!", disse ele, lembrando. "Eu estava ajudando o meu tio." Ivo apontou para o pelo brilhante. "Passamos uns dias em um mercado. Foi isso que andei fazendo, hã." O rosto estreito de Ivo irradiava orgulho.

Mas o sorriso desapareceu assim que notou os joelhos enlameados e as roupas sujas das meninas.

"O que *vocês* andaram fazendo?"

As meninas olharam uma para a outra e depois para Ivo. E começaram a falar ao mesmo tempo. Suas palavras se atropelavam enquanto contavam cheias de fúria a história do gigantesco peixe-crocodilo prateado e do Homenzinho.

Os olhos de Ivo revelavam preocupação.

"Vocês têm que ter cuidado", disse ele, franzindo a testa. "Eu falei para vocês que os meus pais se preocupam muito, mas eles têm *motivos* para isso. Pelo menos na maioria das vezes." Ele olhou para Neve e Rosa. "Por que vocês acham que moramos debaixo da terra?"

"Aquele Homenzinho sabe de alguma coisa", disse Rosa, baixinho. "Ele sabe o que há de errado com a floresta. Mas não sei se algum dia vamos conseguir que ele nos conte."

"Aquele lá é um pobre coitado", disse Ivo, afastando o pensamento com um gesto. "Provavelmente é inofensivo. Vocês devem evitar os bandidos, mas é com as feras que devem tomar cuidado. Meu tio falou que existem cada vez mais..." Ele olhou para as garotas. "Se virem ou ouvirem uma delas, é melhor correr."

"Não sei se são apenas os animais", disse Neve. "Acho que deve ter outra coisa..."

Ivo assentiu.

"A mamãe os chama de 'intermediários'. Como se houvesse algo à espreita, mas aparentemente não há nada. Não conseguimos vê-los. Mas esses seres intermediários são inofensivos." Ivo falava com uma certeza que não deixava espaço para discordâncias. "Vocês devem se preocupar é com as coisas com dentes."

"Bem, até agora sobrevivemos", disse Neve, erguendo o queixo.

"Por que você só está nos contando isso agora?" Rosa tentou deixar de lado as superstições do amigo. Então pensou na rã gigante, olhando fixamente para elas, e nas pernas do Homenzinho.

"Eu contei um pouco", disse Ivo. "Mas não queria assustá-las." Agora seu rosto estava sério. "Vocês não estão acostumadas com as coisas por aqui. É sempre pior quando o frio chega."

As meninas estremeceram nas roupas molhadas.

Ivo percebeu, e sua expressão se suavizou.

"Melhor entrarem e se secarem. Tenho um jarro de uma boa sidra."

Ele se virou para a árvore e puxou um galho, que era a alavanca que abria a porta no chão. Então começou a descer a escada escondida que levava à fazenda.

"Tomem cuidado", avisou ele. "Às vezes as coisas não são o que parecem."

Mesmo debaixo da terra, Rosa sentiu um calafrio nos ossos que as pedras que centelhavam não conseguiam aquecer. Uma sensação feita de perguntas não respondidas, de coisas que ela não entendia, e, naquela friagem toda, havia pensamentos sobre o Homenzinho, as pernas que se dobravam para trás e a maneira como ele brilhava. Sobre aquela floresta selvagem e mutante. Sobre a sensação de que tudo ali, grande ou pequeno, presa ou predador, poderia ser perigoso.

✕ ✕ ✕

Mais tarde, Ivo as acompanhou até em casa, os três encolhidos sob um velho guarda-chuva. Ao chegarem à cabana, Neve e Rosa não contaram nada sobre o dia delas. A mãe das meninas fez o jantar. A casa ficou silenciosa até tarde da noite, quando batidas ferozes sacudiram a porta e as paredes da casa tremeram.

Assustadas, todas acordaram com o barulho, um forte e estrondoso *tum! tum! tum!*

As batidas soaram de novo, ainda mais altas.

As meninas seguiram a mãe, as três de camisola. A mãe fez sinal para que ficassem atrás dela. Do lado de fora das janelas, só havia escuridão.

"Quem está aí?!", gritou a mãe com uma voz diferente da habitual, baixa e séria, ainda que trêmula.

Uma forma gigantesca passou pela escuridão da janela.

Então elas começaram a ouvir um terrível som de garras na porta.

"Quem é?", a mãe tornou a berrar, pegando uma faca da gaveta da cozinha, e Neve, uma tesoura de jardim. Rosa ficou atrás delas, brandindo uma vassoura.

Como resposta, só silêncio. Ninguém mais bateu nem arranhou.

A mãe das meninas, feroz e frágil em um robe de seda, jogou os ombros para trás, segurando a faca ao lado do corpo com firmeza. Outro instante se passou. Mais silêncio.

Ela protegia as meninas atrás dela, como se estivessem escondidas sob suas asas, Neve com a tesoura de jardim e Rosa com a vassoura. Então a mãe abriu a porta.

E tudo que entrou foi uma rajada de ar frio.

Nesse momento, surgiu o urso, trôpego e cambaleante. Ele não chegou de fato a entrar. Seu corpo enorme, porém fraco, tombou pela porta aberta.

A mãe recuou e abraçou as meninas, as três sentindo uma tristeza cautelosa diante de algo tão imponente e selvagem abatido daquele jeito.

A ferida do urso causada pela armadilha havia piorado. Ele se aproximou, erguendo as patas dianteiras antes de elas caírem com força no chão. Suas garras deixaram sulcos profundos na madeira macia do piso.

Edith avançou, brandindo a faca na mão diante do urso.

"Vá embora", ela disse em tom de aviso.

O urso ergueu a cabeça, e eles se encararam. O animal bufou, feroz.

"Saia daqui!", berrou ela.

O urso respondeu com um urro baixo e desolado.

Ela levantou a faca.

"Pare!", gritaram as meninas, correndo para se colocar entre o urso e a mãe.

"Nós o conhecemos", disse Neve. "Nós o salvamos uma vez." Ela se ajoelhou ao lado dele e acariciou a cabeçorra do animal.

A mãe das garotas olhou de Neve para Rosa, depois encarou o urso novamente.

"Ele está ferido", disse Rosa, suplicante, olhando para o rastro de sangue que o animal havia deixado.

"Meninas...", disse a mãe, boquiaberta, sem encontrar as palavras. Em vez disso, só balançou a cabeça.

"Mamãe?", disse Neve. Ela viu a perna ferida do urso tremer, e lágrimas brotaram dos olhos dela. Antes que a mãe soubesse o que dizer, o urso deu um suspiro tão profundo que pareceu que a vida o deixara. Em seguida tombou com um violento estrondo.

Enquanto as três tentavam chegar a um acordo sobre o que fazer com aquele urso em sua porta, Gengibre entrou na cozinha em silêncio. Surpresas, elas então viram a gata se aproximar do urso, farejando-o calmamente. Os filhotes estavam escondidos em algum lugar, mas Gengibre não estava com medo.

A mãe delas concluiu que, se Gengibre não temia aquele imenso animal, isso devia significar alguma coisa. Elas conseguiram despertar o urso o suficiente para levá-lo até a sala de estar, onde ele caiu mais uma vez.

Nesse instante as três viram Gengibre buscar seus gatinhos no esconderijo, levando-os de volta ao lugar perto da lareira. Um a um, a gata os acomodou tranquilamente.

Em seguida acenderam o fogo, e Neve se aproximou do corpo quente do urso. A respiração dele era difícil, e os olhos estavam fechados.

"Os ursos não deveriam nem estar lá fora nessa época, não é mesmo?", indagou Neve. "Deveriam estar em suas cavernas, hibernando durante o inverno."

"Por que você ainda estava lá fora?", Rosa perguntou ao urso. "O que aconteceu com você?"

"Vamos ver se ele consegue sobreviver esta noite", disse a mãe, bocejando. "Fico pensando quem mais vocês conheceram por aí. Este já é o segundo convidado." Ela ergueu a sobrancelha em direção ao urso.

Quando o sol começou a raiar, não havia mais nada a fazer a não ser tentar dormir: Neve e Rosa em suas camas, a mãe inquieta e vigilante no sofá, Gengibre e os gatinhos amontoados e confortáveis no tapete ali perto. O urso continuava diante da lareira. O corpo dele subia e descia no ritmo da respiração do sono, como se alguém tivesse soprado vida no maior tapete de pele de urso que já existiu.

CAPÍTULO 12

Um banquete na Casa Subterrânea

O urso permaneceu naquele lugar perto do fogo. Neve enfaixava a perna dele com trapos limpos todos os dias.

Ele parecia mais forte conforme o tempo passava, embora dormisse quase o dia todo. Os gatinhos começaram a se aventurar mais perto das patas gigantes, avançando lentamente antes de se afastarem depressa, de volta para a mãe. A família inteira o observava, esperando que ele continuasse manso e tranquilo, torcendo para que melhorasse.

Mas chegou o dia em que tiveram que deixá-lo sozinho. As meninas e sua mãe saíram da cabana no final da manhã, usando suas capas de frio. Enquanto caminhavam sob os raios de sol que chegavam à fria floresta, decidiram que o urso deveria permanecer um segredo.

"Nem uma palavra sobre ele", disse a mãe. "Para *ninguém*."

Neve e Rosa assentiram. Sabiam muito bem o que Ivo diria e como ele as repreenderia.

A família seguia para um lugar onde as meninas nunca tinham entrado e só conheciam por cima: a Casa Subterrânea. Rosa as guiou, lembrando-se de todas as buscas das duas pela porta escondida.

Nesse dia, a porta estava livre do musgo e das folhas que normalmente a camuflavam. Além disso estava aberta, marcada por uma receptiva fita branca e um ramo de abeto azul, e dava para ouvir a música e as vozes que vinham lá de dentro. Ivo esperava junto à porta, e elas desceram atrás dele até os túneis e câmaras aconchegantes que serpenteavam pelo subsolo, onde não dava para ouvir o vento que sacudia as árvores nuas lá no alto.

Um fogo abrasador mantinha a Casa Subterrânea aquecida, mesmo pouco antes do solstício de inverno e do Natal chegarem, e uma grande mesa havia sido posta para o povo da floresta. Lá, as pessoas que viviam escondidas dos olhos da aldeia se reuniam em torno dos presentes oferecidos pela floresta.

Neve e Rosa caminharam pelo salão. Era simples, mas aconchegante. Raízes se enroscavam e subiam pelas paredes, e tábuas escuras de madeira rústica cobriam o chão. Uma luz fraca brilhava através das janelas no teto, clareando a mobília simples. Lampiões e velas reunidos nas mesas e prateleiras esculpidas nas paredes de terra ajudavam na iluminação.

Os vizinhos as receberam. Primeiro, o pai de Ivo, que as cumprimentou com um aceno de cabeça, o cabelo castanho entremeado de fios grisalhos. Estava rodeado de alguns

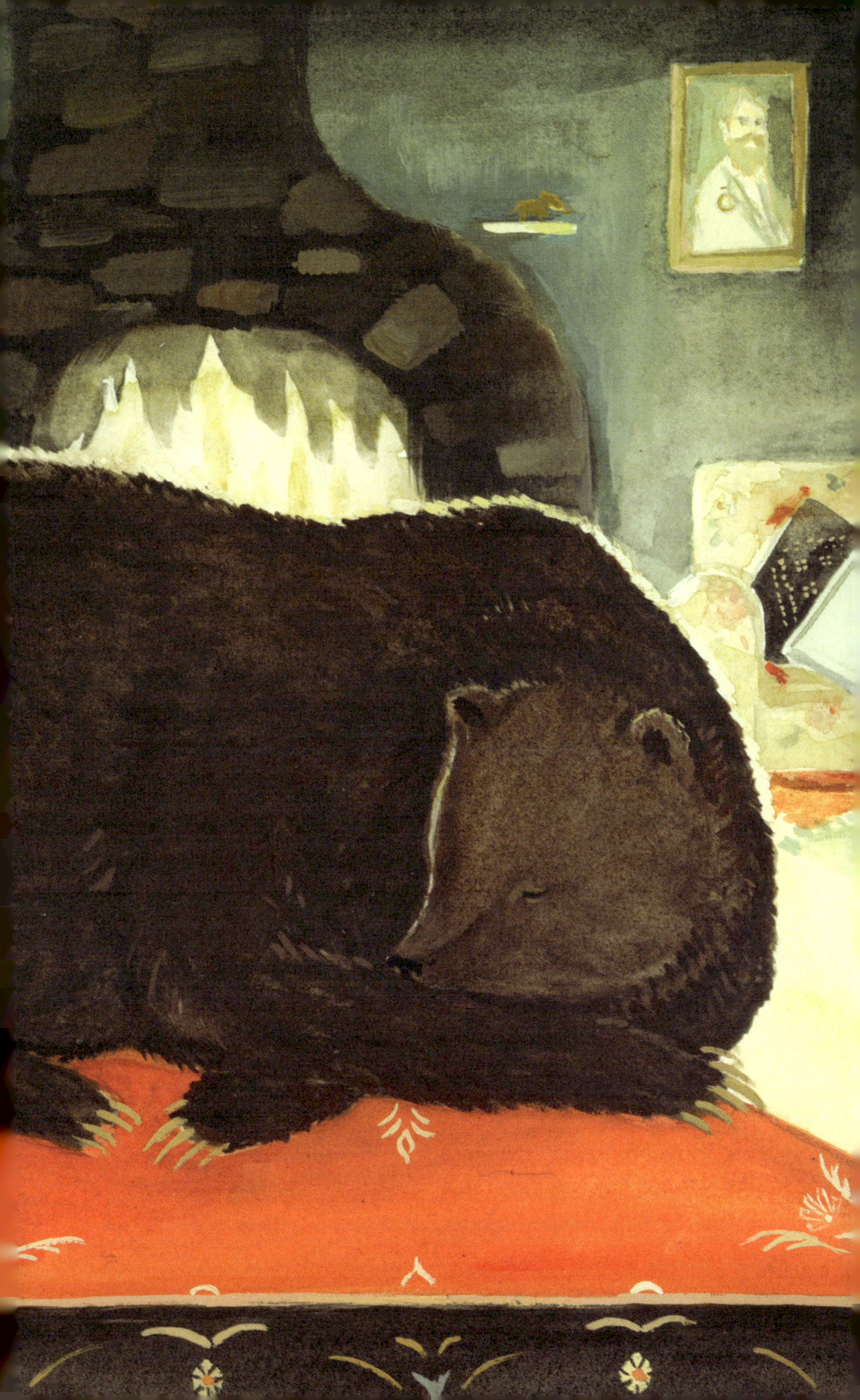

parentes e alguns poucos desconhecidos. Rosa se perguntou onde todos eles moravam e se as casas também ficavam escondidas. A Bibliotecária apareceu em meio aos convidados.

"Contei à minha mãe sobre ela", sussurrou Ivo.

A Bibliotecária os espiava e se aproximou com seus passos mancos.

"Acabei não perguntando como suas histórias terminaram." Ela mordiscou um pãozinho escuro. "Ou *se* terminaram." Rosa pensou na chave e na tesoura.

"Bem..."

"Foi como quando os cavaleiros resgatam belas donzelas", disse Neve, olhando meio de lado para Rosa. "Só que sem cavaleiros, e não eram as donzelas que precisavam ser resgatadas."

A Bibliotecária assentiu e deu outra mordida no pão.

"Sempre tem mais coisa", disse ela. Então aprumou as costas e sorriu antes de sair, meio mancando, pelo chão de madeira.

A mãe de Ivo era forte e rosada, com olhos iguais aos de Ivo. Usava o cabelo castanho preso. Ela saiu da cozinha e abraçou cada uma delas com força, especialmente Neve. (A mãe de Ivo era daquelas pessoas que abraçam com mais força quando sentem que alguém resiste.)

Um senhor de cabelos grisalhos, azulados e desgrenhados, também chegou perto para abraçá-las, mas Ivo interrompeu.

"Você não as conhece, tio Vincent", disse ele, enrubescendo ao afastar o homem.

Ivo se desculpou e levou Neve e Rosa até a mesa de madeira talhada, desgastada pelo uso, que se estendia por quase toda a sala e estava arrumada com pratos, talheres e cadeiras diferentes. Uma tigela de quentão escuro ocupava o centro da mesa, além de travessas de madeira lisa que o pai de Ivo fizera, todas cheias de comida da floresta. As meninas acompanharam o amigo ao redor da mesa, enquanto Ivo apontava e explicava: "Ensopado de cogumelo, suflê de cogumelo, mix de cogumelos..."

"Então tudo é feito de cogumelo", disse Neve.

"Tem uma salada de dente-de-leão", disse Ivo. "Recheio de bolota... algumas boas cebolas silvestres. E ovos de codorna", acrescentou, indicando uma tigela de ovos cheios de pintinhas muito menores que os de Douradinha, a galinha. "Vou lhes mostrar seus lugares."

Rosa ficou ao lado de Neve e de frente para Ivo. A mãe delas se sentou ao lado da mãe de Ivo, à mesa com os outros adultos. Rosa, Neve e Ivo eram as únicas crianças ali.

Os outros convidados aplaudiram de repente quando um homem entrou na sala de jantar, deixando de lado o arco e a aljava de flechas. Sua aparência era impressionante. Parecia a pessoa mais ousada da terra e se vestia com peles de animais selvagens. O boné era feito com a plumagem de uma dezena de pássaros: penas marrons sarapintadas, de tordos; bem azuis, de gaios; brancas, de corujas-das-neves; e pretas, de pegas. Do cinto, pendiam uma faca embainhada e uma bolsinha de camurça escura.

O homem colocou um javali assado na tábua de corte, no centro da mesa.

Em seguida se sentou em frente à Rosa, ao lado de Ivo. Quando o fez, Rosa percebeu que ele escondia um físico esguio sob a veste de peles. Ela não queria encará-lo, mas já tinha visto aquele homem antes, em algum lugar. Então olhou para as flechas que ele acomodara junto à parede, as pontas adornadas por penas azuis, rodeadas por anéis de bronze.

"Meu tio Osprey", disse Ivo, como se apresentasse um rei. Ao sentir que Rosa o observava, o homem afastou a taça de quentão e olhou para a garota. Ele ergueu as sobrancelhas, e seus olhos brilharam ao reconhecê-la.

"Já nos vimos antes." Ele sorriu e olhou para Neve.

Rosa cutucou a irmã, e Neve a cutucou de volta.

"Seria de se imaginar que duas garotas bem-nascidas reconheceriam quem as salvou", ele disse em tom de repreensão.

Nesse momento, Rosa percebeu quem ele era.

"Dos lobos", disseram ela e o homem ao mesmo tempo.

"Lobos?", indagou Ivo, espantado.

"Um bando estava atrás delas", disse o homem. "Encontrei esses dois pardais no alto de uma árvore." Olhou de volta para as meninas. "Foi assim que nos conhecemos."

Neve olhou para o grande arco.

"Vocês conheceram o maior caçador da floresta", disse Ivo.

"Ah, não sou tão bom assim, hã", falou o homem, bagunçando o cabelo de Ivo.

"Não há nada que ele não possa acertar, mesmo a cem metros de distância", disse Ivo. "E 'nenhuma fera que ele não possa derrubar', como o papai diz."

"Mas quem eu seria sem meu braço direito?", disse o Caçador. "Na verdade, toda essa bajulação me fez lembrar... Trouxe algo para você."

O homem enfiou a mão em um bolso escondido do casaco e pegou um saquinho pequeno, amarrado com uma pena azul, a mesma das pontas das flechas.

A bolsa tilintou ao cair nas mãos de Ivo. O menino olhou lá dentro, tirou três moedas de ouro e as exibiu para que todos vissem.

Os olhos de Ivo se iluminaram.

"Isso é muito."

"Você mereceu, garoto", disse o Caçador. "De verdade." E deu um tapinha nas costas de Ivo.

O menino olhou para o tio.

"Obrigado." Então se levantou e amarrou o saquinho no cinto, de modo que ele ficou pendurado no quadril, assim como o do tio.

Quando todos acabaram de comer, a mãe de Ivo trouxe bolo de mel, sidra para as crianças e canecas de café fumegante para os adultos. Quando terminaram a sobremesa, Ivo perguntou se ele e as meninas podiam sair da mesa.

"Vocês querem ver o meu quarto?" Ele pegou um pequeno lampião.

Ao deixarem a mesa, os ouvidos de Rosa captaram uma palavra. *Monstro*. Rosa fez Neve e Ivo esperarem, escondidos atrás de uma parede. Os adultos haviam começado uma conversa séria em voz baixa. As crianças ficaram do lado de fora da sala de jantar, ouvindo em silêncio.

"Agora que os pequenos já foram, podemos conversar sobre a gravidade do que está acontecendo", disse o pai de Ivo.

"Existem monstros nesta floresta", começou o Caçador. A sala irrompeu em murmúrios de aprovação. O homem continuou. "A Ameaça da Floresta, como alguns chamam."

As crianças se aproximaram para ouvir melhor.

"Muitas pessoas estão desaparecendo por causa deles!", disse o pai de Ivo.

"Monstros?" Rosa ouviu a voz de sua mãe dizer. Ela parecia incrédula. "Como assim?"

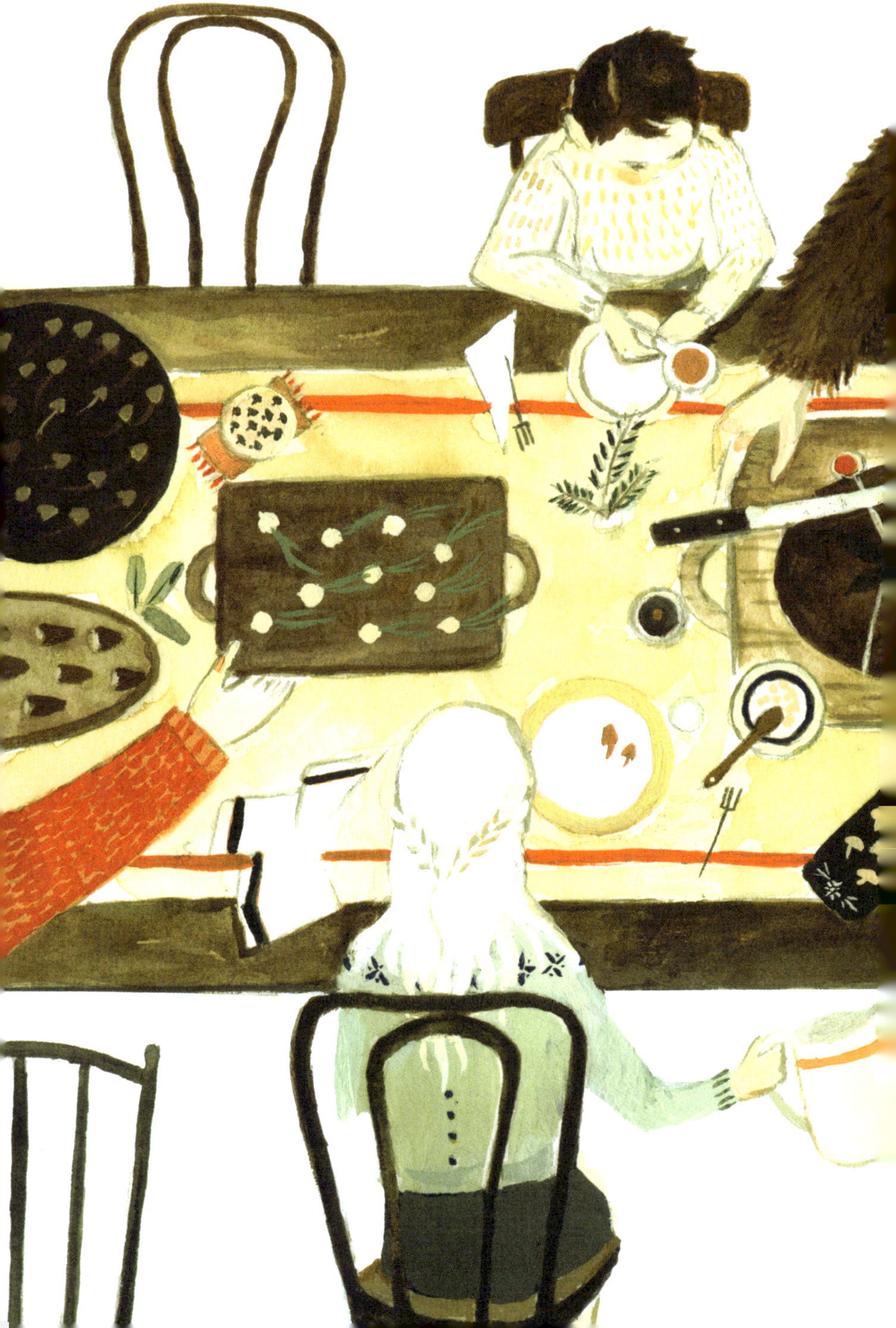

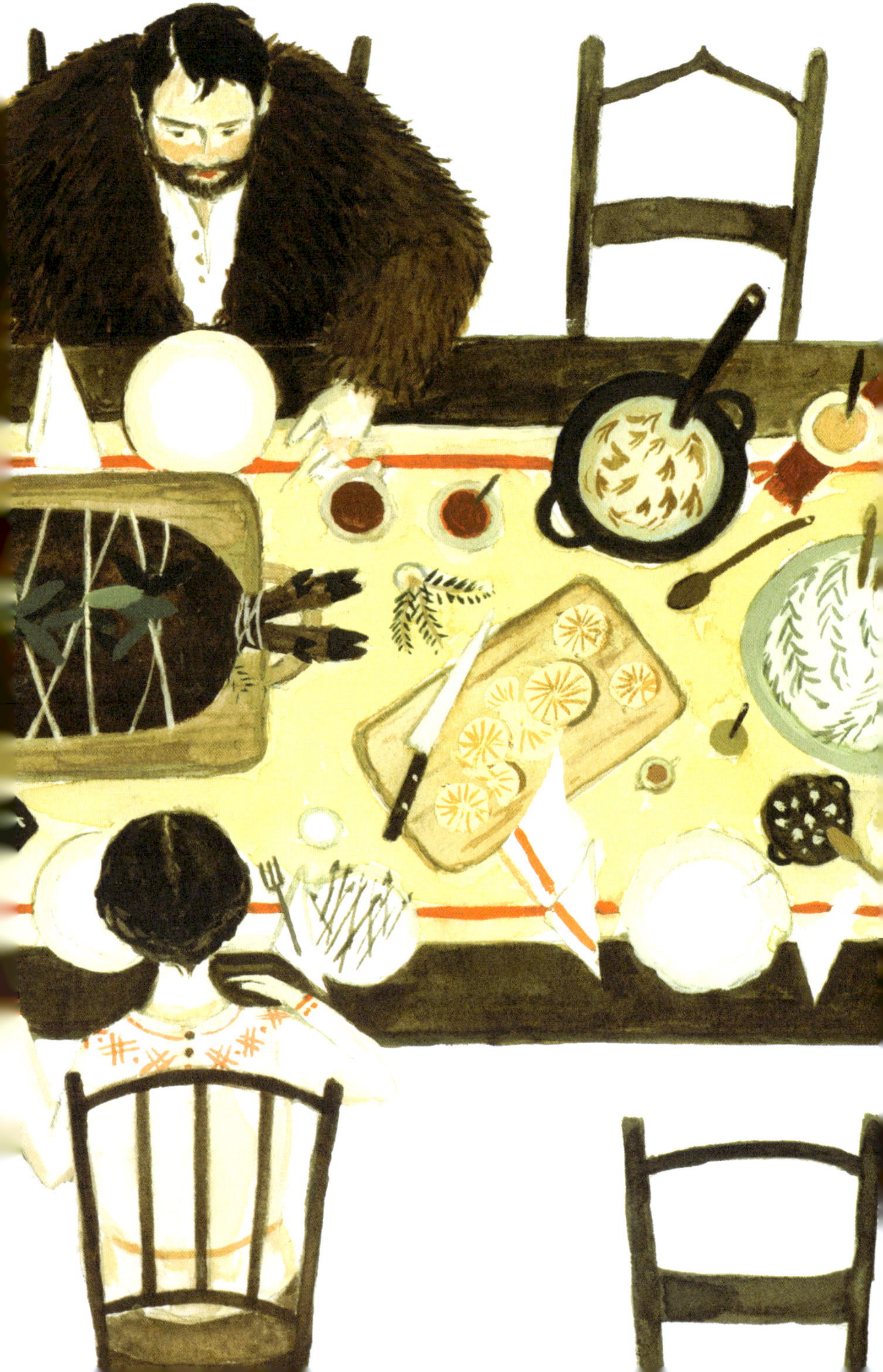

"É o que eu falei, minha senhora", disse o Caçador, com sua voz grave. "Monstros vagam por esta floresta. Feras muito maiores do que a natureza seria capaz de criar."

"O Ivo me contou o que as meninas viram!", disse a mãe dele, quase em um sussurro. "Um monstro no riacho!"

"Eu não sei nada sobre..." Rosa ouviu a mãe começar, mas sua voz foi abafada.

Rosa sabia que a mãe pensava em todos os segredos que deviam estar escondendo dela.

A Bibliotecária entrou na conversa, sua voz mais triste do que Neve e Rosa jamais ouvira:

"E é sempre pior quando o frio chega."

"Eles estão famintos", disse o pai de Ivo.

A Bibliotecária continuou:

"Um urso enorme passou pela minha casa e sabem o que aconteceu?"

Rosa sentiu um aperto no peito. *O urso.*

Neve agarrou a mão dela.

"A Margarida se foi! Tudo que ele deixou foram os ossos", continuou a senhora, com a voz trêmula. "Não sei quanto tempo mais posso ficar aqui. Tenho que pensar nas minhas cabras."

"Cabras?!", repetiu Vincent, o tio-avô de Ivo. "Podia ter sido *você!*"

"Eu vi o urso uma vez", disse a mãe de Ivo. "Podia ter me engolido inteira. Quando foi a última vez que ouviram falar de um urso nesta floresta?"

"Eu sei que urso é esse. O Rei Urso, como eu o chamo", disse o Caçador. "Ele já conheceu a minha armadilha. E vou acabar com ele, eu juro."

Rosa pensou na armadilha e sua cruel mandíbula de metal. E pensou no urso dormindo lá na cabana. Ela queria correr até a sala onde os adultos conversavam. Mas o que ela diria? O que sabia? Ela não sabia se o urso era perigoso, só que não tinha representado nenhum perigo, não para elas, não até o momento.

"E atrás de quem eles vão vir agora?", voltou a falar o Caçador. "Depois das cabras e galinhas, serão as crianças. Então não será mais suficiente nos esconder. Precisamos nos proteger!"

A sala foi tomada por murmúrios de apoio.

"Se alguém vir alguma coisa, me avisem", disse o Caçador. "Eu farei o resto."

Rosa murmurou para Neve e Ivo:

"Para começar, por que ninguém tenta descobrir *o motivo* de existirem animais tão grandes? Talvez seja algo que eles comam. Talvez seja a água. Deve haver uma razão."

"Você acha mesmo que existe uma *razão* nesse lugar?", sussurrou Neve.

"Se *existir* de fato uma razão, eu quero saber", disse Ivo. "Mas, acima de tudo, quero que a gente fique seguro. E meu tio nos manterá seguros."

Gritos de apoio ao Caçador vinham da sala de jantar.

Rosa se sentiu mal de um jeito que não tinha nada a ver com o suflê de cogumelos, mas com a incerteza que lhe revirava o estômago.

"Se pudéssemos encontrar o Homenzinho de novo", disse Neve, "talvez pudéssemos *fazê-lo* nos contar. Podemos ameaçar jogá-lo para o u..." Neve parou de repente, antes que entregasse o fugitivo, que estava em sua casa.

Ivo não notou o deslize de Neve nem o olhar de Rosa. "Meu tio vai nos manter seguros", repetiu ele, tentando várias vezes acender o lampião até seu rosto se iluminar com o brilho repentino. "Bem, vamos lá, hã", disse ele, apontando para o corredor. "Lembram que eu queria mostrar uma coisa?"

CAPÍTULO 13

O que Ivo encontrou

O quarto de Ivo não era bem um quarto, mas um pequeno buraco esculpido na parede, como uma prateleira do tamanho de uma pessoa. Lá dentro havia um colchão recheado de feno, um travesseiro e uma pequena prateleira com um pente, um par de meias e uma caixa metálica amassada.

Ivo pegou a lata e a abriu com ar de orgulho.

"Eu queria lhes mostrar isso, hã. Meu objeto preferido." Ele estendeu a caixa. "O objeto mais lindo que eu tenho."

As meninas olharam em silêncio para o objeto na caixa metálica.

Para o cabo de marfim com um delicado pássaro entalhado.

Para a prata polida reluzente.

Para a faca do pai delas.

Ivo a pendurou no cinto ao lado do saquinho de moedas de ouro. Então olhou para as garotas, sorridente e cheio de expectativa.

"É legal, não é? Quase tão legal quanto as coisas na sua casa."

Rosa se sentiu mal de novo. Esforçava-se para conseguir falar enquanto o peso de tudo que desconhecia a oprimia.

"Qual é o problema?", questionou Ivo. "É só uma faca."

"Como você conseguiu isso?" A voz de Neve soou baixa e fria.

O sorriso de Ivo se desvaneceu.

"Eu... eu encontrei." A voz suave adquiriu um tom áspero.

"Quando?", perguntou Rosa. "Onde você achou isso?"

"Por que vocês querem saber *onde* eu encontrei?", indagou Ivo, a ponta das orelhas ficando vermelhas.

"Essa faca pertencia...", começou Rosa.

"Ela pertence ao nosso *pai*!", berrou Neve.

"Como assim? Eu a achei no chão. Estava caída!" Ivo franziu as sobrancelhas e recuou. "Eu não a roubei, se é isso que estão pensando!"

Neve fechou a cara para Ivo. Rosa olhou para a faca.

"No chão?", disse Neve, encarando-o, desconfiada.

Ivo assentiu.

"O que *mais* você encontrou?"

"Nada", disse Ivo.

"Bem, o que mais você *sabe*?", perguntou Rosa, esperançosa. "Qualquer coisa pode ajudar. Qualquer coisa."

"Eu juro", disse Ivo, já desanimado. "Eu só sei o que vocês me contaram." E olhou Rosa nos olhos antes de virar para Neve e fazer o mesmo. "Que seu pai pegou a trilha para a floresta e nunca mais voltou."

Neve começou a desmanchar a cara fechada.

"Sinto muito", disse Ivo.

Fez-se um longo silêncio antes de Neve falar:

"Você não fez nada de errado."

Rosa deu alguns passos em direção ao menino e passou os braços em volta dos ombros estreitos dele, e Ivo a abraçou de volta.

"Então, se pertenceu ao seu pai", Ivo tirou a faca do cinto, "ela pertence a vocês." Após um instante de hesitação, ele pousou a faca na mão de Rosa.

As meninas se entreolharam, sem saber se estavam prontas para a resposta à pergunta que precisavam fazer.

"Você mostra para a gente onde a encontrou?", perguntou Neve.

"É claro." Ivo assentiu e endireitou os ombros. "É claro que eu mostro." Ele as levou de volta pelo túnel, os três caminhando com determinação.

Só havia um caminho para entrar e sair da casa de Ivo, então eles tinham de passar pela festa para chegar à superfície. Sendo assim, eles voltaram para a sala de jantar em silêncio. Os adultos estavam reunidos perto do fogo, onde a mãe de Ivo tocava acordeão. O sol da tarde entrava pela janela em estreitos raios dourados que iluminavam o entorno dela.

Neve e Rosa se aproximaram da mãe e a puxaram de lado para avisá-la de que voltariam para casa com Ivo, que tentava escapar sem ser notado.

Quando alcançaram as escadas, Vincent, o tio-avô de Ivo, apareceu.

"Vocês estão vendo?", perguntou ele, os cabelos brancos brilhando à luz do fogo, como uma penugem de dente-de-leão.

"Vendo o quê?", quis saber Neve, afastando-se.

"Lá em cima", disse o homem, apontando para uma das janelas redondas no teto. "Lá fora."

As crianças olharam para o fio de luz que entrava pela janela.

"Está nevando?", perguntou Ivo. A janela emoldurava o contorno dos galhos nus contra o céu pálido e nada mais além disso. Ivo acenou em silêncio para o tio enquanto subiam furtivamente as escadas e abriam a porta da frente. "Às vezes ele vê coisas que não existem", sussurrou Ivo.

Lá em cima, nenhum floco de neve flutuava no ar. Ivo saiu correndo na frente das garotas, procurando o lugar onde encontrara a faca.

Neve olhou para Rosa e sussurrou enquanto caminhavam.

"*Você* viu aquilo?"

"Do que você está falando?", disse Rosa. "Dos flocos de neve?"

Neve franziu a testa.

"Não." Ela olhou para a irmã. "Acho que eram fadas."

Rosa suspirou. Só conseguia pensar na importância daquela expedição, no que poderiam encontrar.

"Rosa." Neve segurou a irmã pela manga. "Acho que talvez a floresta seja..." Então fez uma pausa, olhando ao redor. "Acho que talvez a floresta seja encantada."

"Você parece o Ivo falando", sussurrou Rosa, andando mais rápido, enquanto tateava o bolso para sentir a faca. "Vamos."

"Mas e tudo que aconteceu?", indagou Neve, um pouco atrás.

"A família do Ivo não sabe ler", continuou Rosa, ignorando a pergunta de Neve. "As pessoas que não leem livros acreditam em superstições."

Neve apressou o passo, cruzando à frente de Rosa e sussurrando alto.

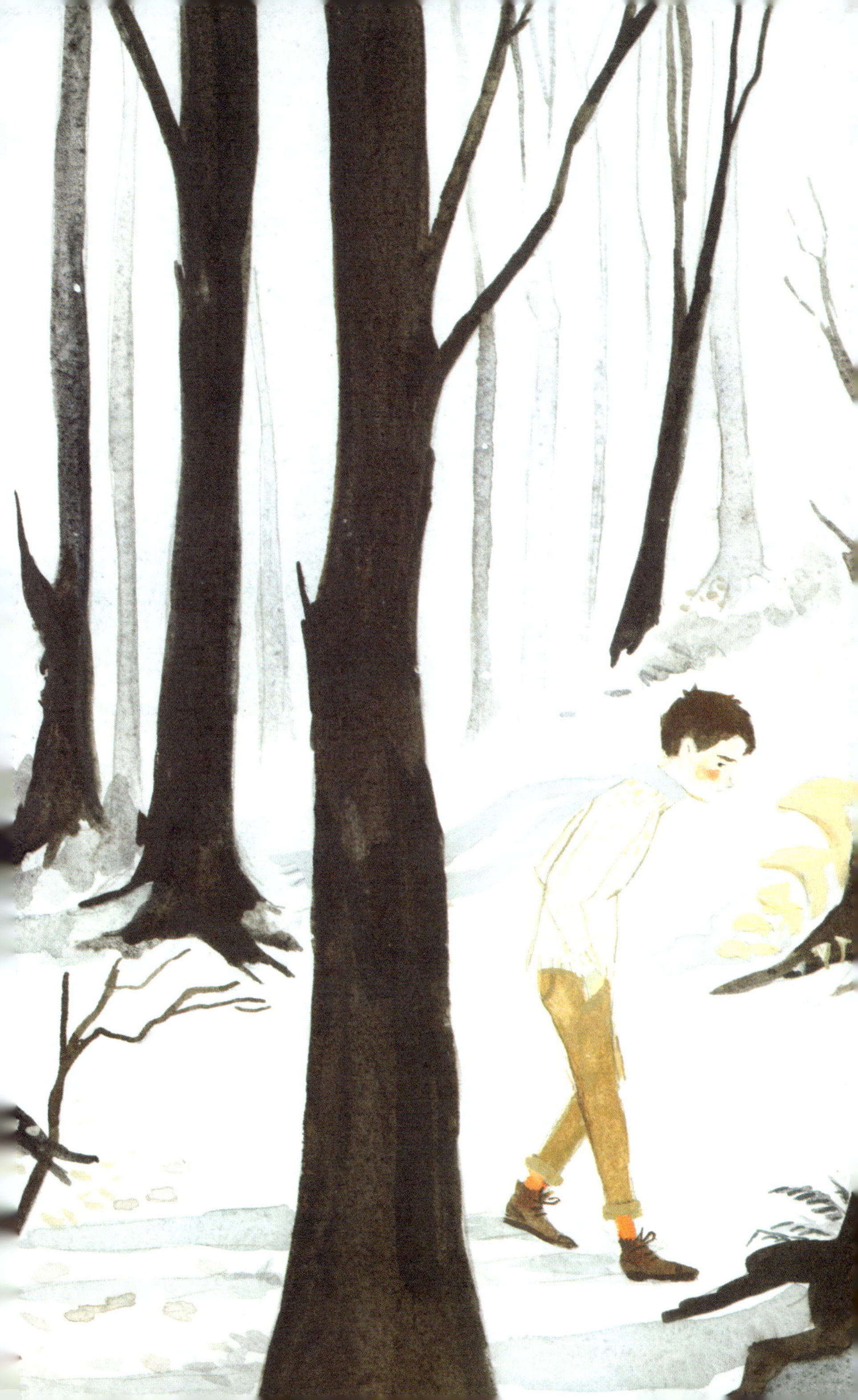

"As superstições têm que vir de algum lugar."

Quando chegaram ao local, o sol estava se pondo em meio às árvores. Era um lugar onde já haviam estado antes, quando não conheciam nada da floresta, no primeiro dia que deixaram a trilha, e onde tinham colhido amoras. Ivo lhes mostrou onde encontrara a faca, no chão ao lado das amoreiras, agora um labirinto de espinhos marrons.

"Tem certeza de que este é o lugar certo?", perguntou Rosa, os olhos buscando algo que pudesse ser uma pista.

"Foi bem aqui", disse Ivo, apontando para um lugar qualquer no chão da floresta.

"Você viu *mais* alguma coisa?", indagou Rosa, vasculhando folhas e galhos quebradiços.

Neve entrou em uma sebe emaranhada, sem se importar com os espinhos que prendiam sua capa ou arranhavam suas mãos. Ivo se ajoelhou ali perto, procurando em meio à vegetação rasteira.

Ele ajeitou as meias nas mãos, lembrando-se das manchas de sangue que limpara da faca. Não contaria a elas sobre isso. Jamais contaria a elas sobre isso.

"Vamos olhar com cuidado", disse Rosa. "Só para o caso de haver alguma coisa, mesmo que pareça insignificante."

Os três se espalharam, espiando tudo com atenção debaixo das árvores caídas. Em um dado momento as garotas deram um gritinho, achando que haviam descoberto o começo de uma pista, mas não havia nada além do solo da floresta. Eles vasculharam toda a área, mas fazia frio e a luz diminuía rapidamente.

Estava quase escuro quando se reuniram, de mãos vazias.

"Podemos procurar de novo quando estiver claro", sugeriu Ivo.

Rosa tirou a faca do bolso e a fitou.

"Sinto muito", repetiu Ivo.

Ele as acompanhou até avistarem a cabana e, com um ar cansado e derrotado, se despediram e foram para casa.

Dava para as meninas ouvirem as moedas de Ivo tilintando enquanto ele se afastava, deixando a trilha e seguindo por entre as árvores. Rosa ficou preocupada por ele estar sozinho. Então se lembrou de que ele fizera o mesmo na noite da festa de aniversário de Neve e chegara em casa são e salvo.

Ivo conhecia bem o caminho da cabana até a casa dele. Tentou não se preocupar quando viu que o céu estava escurecendo e as sombras só aumentavam.

Uma sombra em particular o observava. Uma sombra que se movia sobre pernas que se dobravam para trás e que se deslocava atrás do menino enquanto ele caminhava depressa entre as delicadas bétulas e os grandes carvalhos sinuosos. Nesse momento, começaram a cair flocos de neve de verdade e, embora a neve fosse silenciosa, Ivo parou para prestar atenção, como se ouvisse alguma coisa. Então estremeceu e acelerou o passo.

A sombra o seguiu. E esperou e observou. Mas era tarde demais para correr. A sombra encontrou Ivo, e Ivo nunca encontrou o caminho de casa.

O que preocupava as árvores

"*Você foi vista*", repreendeu a velha.

"*Ah, não faz mal*", disse a jovem. "*Ninguém acredita nela.*"

"*Quando você não toma cuidado, põe todas nós em perigo*", disse a velha.

"*Mas eu as observo porque estou esperando*", disse a jovem, impaciente, o som de um arbusto tremulando ao vento. "*Quando vai acontecer?*"

"*Você não pode ser vista*", disse a velha em uma voz baixa e grave, desdobrando-se como os anéis mais internos de uma árvore antiga. "*E você não pode fazer isso acontecer.*"

"*Mas eu posso ajudar*", disse a jovem. "*Um dia, eu vou poder.*"

CAPÍTULO 14

A fera e os bandidos

Nos cinco dias que se seguiram, a floresta se cobriu de branco. Neve e Rosa observavam pelas janelas os flocos de neve que começaram na noite do banquete darem lugar a uma nevasca. Certificaram-se de que Douradinha ficasse aninhada em segurança no galinheiro, com bastante comida e aparas de madeira para a cama. Ninguém se aventurava a sair. Quando o ar externo entrava ao abrirem a porta da frente, seus narizes não ficavam frios; eles congelavam.

Durante o tempo em que o urso passou junto à lareira, com Neve como sua enfermeira, a ferida dele cicatrizou. O animal começou a se levantar, se esticar e rolar sonolento pelo chão antes de voltar ao seu sono profundo de urso. Assim o tempo foi passando, e ele só dormia, em uma espécie de hibernação.

Todas as manhãs e noites as irmãs o alimentavam, como faziam desde que ele chegara. Quando Neve lhe dava de comer, ela bagunçava seu pelo e acariciava suas orelhas. Às vezes, colocava um ovo marrom na tigela que deixava ao lado dele. Mas, quando era Rosa que lhe dava de comer, ela caminhava com hesitação e nunca se aproximava demais, mesmo que ele olhasse para ela com um olhar gentil e Neve a chamasse de covarde.

Os gatinhos eram tão destemidos quanto Neve. Saíam correndo de seus esconderijos para pular no urso, escalando as costas de sua montanha quentinha que cochilava. Eles confiavam na mansidão do enorme animal, ao contrário de Rosa. Ela não conseguia afastar o pensamento de que, mesmo com aquela mansidão, ele podia ter alguma relação com as coisas estranhas que andavam acontecendo na floresta.

A mãe observava tudo com olhos atentos. Pensava nas velhas histórias de camponeses que ouvira, primeiro quando criança, depois repetidas pelas pessoas no banquete. Mas a forma como os gatinhos e Gengibre confiavam no urso e a maneira como as meninas se importavam com ele... eram coisas boas. Essa era sua única certeza.

A forte nevasca parou no quinto dia. Depois do café da manhã sonolento do urso, as meninas abriram a porta, derrubando pingentes de gelo no chão. O ar frio entrou no mesmo instante. O urso se levantou e foi para o lado delas. Ele era forte, e seu passo estava firme.

"Vamos", disse Neve, fechando a porta e pegando sua capa. Então se virou para o urso. "Precisamos ver se essa sua perna está mesmo curada."

Rosa olhou para Neve.

"Você acha que é uma boa ideia?"

Neve acariciou o pelo que descia pela nuca do urso e respondeu à irmã com um anúncio:

"Vamos dar uma volta."

"Não podemos ir longe", sussurrou Rosa, pensando na promessa do Caçador.

"Aí é que está", disse Neve, sorrindo. "*Ninguém* vai sair com esse frio."

Rosa aquiesceu.

"Mas não vamos longe", ela repetiu com a voz firme enquanto colocava as luvas e a capa.

Neve confirmou com um aceno de cabeça, e as irmãs saíram com o urso.

A floresta havia mudado, transformada em um palácio de gelo que brilhava como vidro e reluzia em branco e prata. Enquanto caminhavam, suas botas afundavam na neve macia. Dava para ver que o urso mancava. Rosa e Neve o acompanhavam, cada uma de um lado. Às vezes ele irrompia em um galope lento. Às vezes enfiava o focinho na neve, feliz por estar em um lugar mais espaçoso que o da pequena cabana.

As meninas brincavam de esconde-esconde nas margens e atrás de árvores caídas, lançando bolas de neve uma na outra (e às vezes no urso). Quando jogavam nele, ele tentava pegá-las com a boca. O animal se erguia sobre as patas traseiras e abria e fechava a boca para pegar as bolas, correndo em círculos para comemorar quando conseguia agarrar alguma.

Assim, eles foram seguindo por entre as árvores, todas nuas, exceto pela cobertura muito branca. Rosa até esqueceu que não deviam ir muito longe. Parecia que eram os únicos seres viventes em meio a toda aquela brancura silenciosa. De repente, estavam às margens do bosque de inverno, e não estavam sozinhos.

O urso ouviu as vozes primeiro e ergueu as orelhas, ficando imóvel onde estava. Então as meninas também ouviram.

Elas olharam por entre as árvores e viram o acampamento na encosta. Os bandidos haviam deixado o celeiro vazio onde tinham se abrigado. A pausa na nevasca os fizera sair, na esperança de que o céu claro trouxesse algum viajante ansioso com os bolsos cheios. Eles bebiam algo em canecas de metal e esquentavam as mãos em torno de uma fogueira. Um coelho chamuscado girava no espeto.

As meninas flanqueavam o urso, os três dentro das colunas de árvores de frente para o acampamento às margens da floresta.

Era tarde demais para se esconder.

"Olha só o que temos aqui!", disse um dos bandidos, um homem alto vestido de preto. "Duas jovens donzelas passeando com seu animal de estimação." Os homens se levantaram, de olho no urso, as mãos prontas para pegarem as armas.

"É o Rei Urso", disse outro. Rosa o reconheceu da última vez que o vira, um homem pequeno com um uniforme cinza esfarrapado. "Há uma bela recompensa para quem levar a cabeça desse monstro", continuou ele, erguendo a voz, animado com a perspectiva.

Um homem de azul, mais novo que os outros dois, puxou da bainha de couro que trazia na cintura uma longa faca de caça, prateada e cheia de dentes.

Então Neve gritou sobre os bancos de neve:

"Você não sabe nada sobre ele!"

"Neve!" Rosa silenciou a irmã, que cerrava os punhos. Não sabia se conseguiriam fugir dos homens mais uma vez.

O homem de cinza olhou para Rosa.

"Conheço seu rosto, garota." Então olhou para a bolsa surrada da menina, as botas gastas e os vestidos que quase não cabiam mais nelas. "Mas você mudou muito."

O urso urrou quando os homens se aproximaram.

O bandido de preto deu um passo em direção às irmãs, com um sorriso brincando nos lábios.

"Tenho certeza de que alguém pagaria bem para vê-las de novo", disse ele. "Talvez a gente consiga algum lucro hoje, afinal."

O urso avançou, mostrando os dentes.

O bandido se abaixou para ficar na altura das garotas.

"Vamos ver que recompensa podemos conseguir por um Rei Urso e dois filhotes?"

Neve e Rosa recuaram para o meio das árvores.

O bandido de cinza se posicionou ao lado do outro.

"Talvez a gente possa deixar as pequenas senhoritas correrem", disse ele, baixinho.

"Peguem-nas!", vozeou o bandido de preto, balançando a cabeça na direção das meninas. "E você mate o urso", ordenou ao jovem de azul.

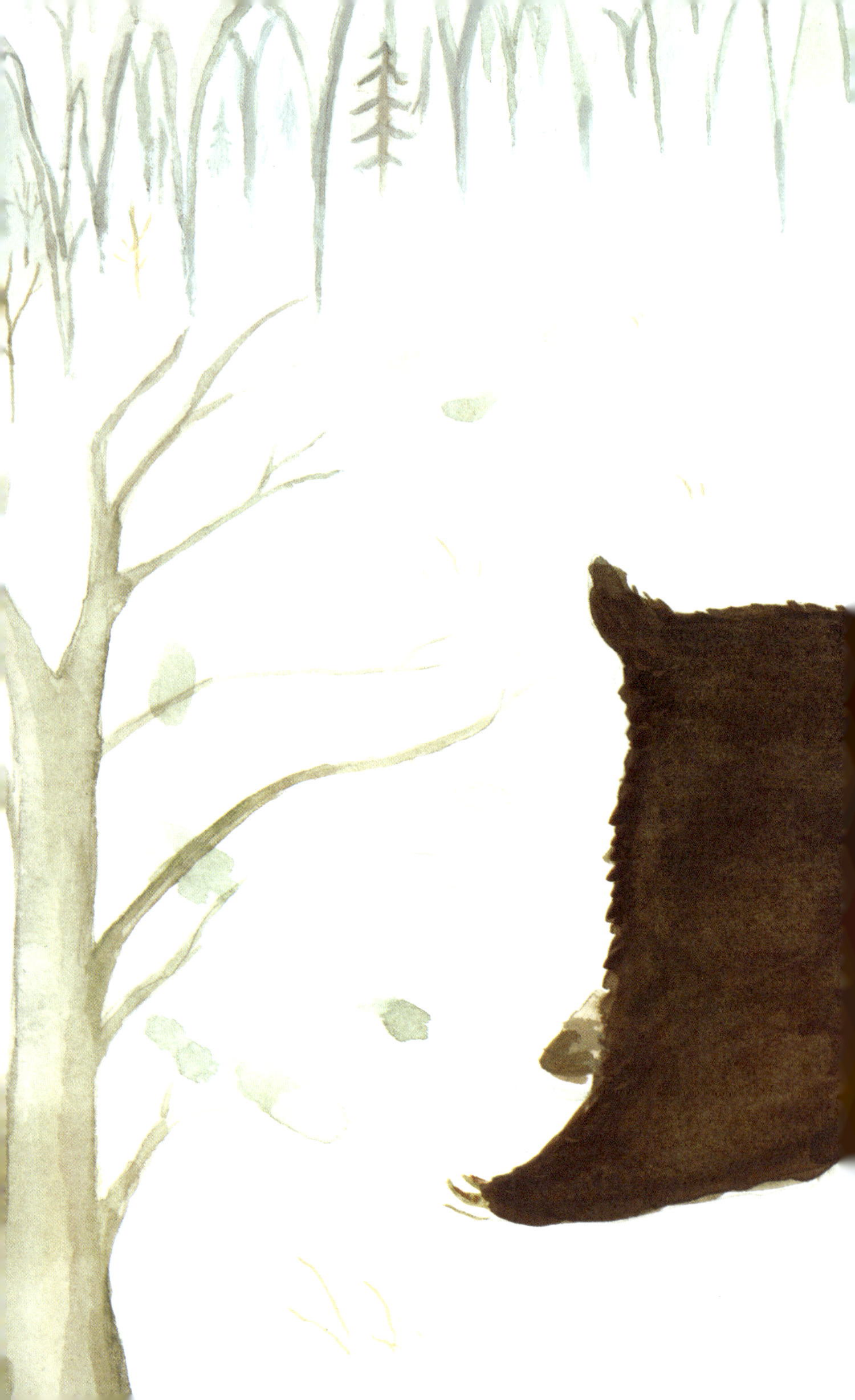

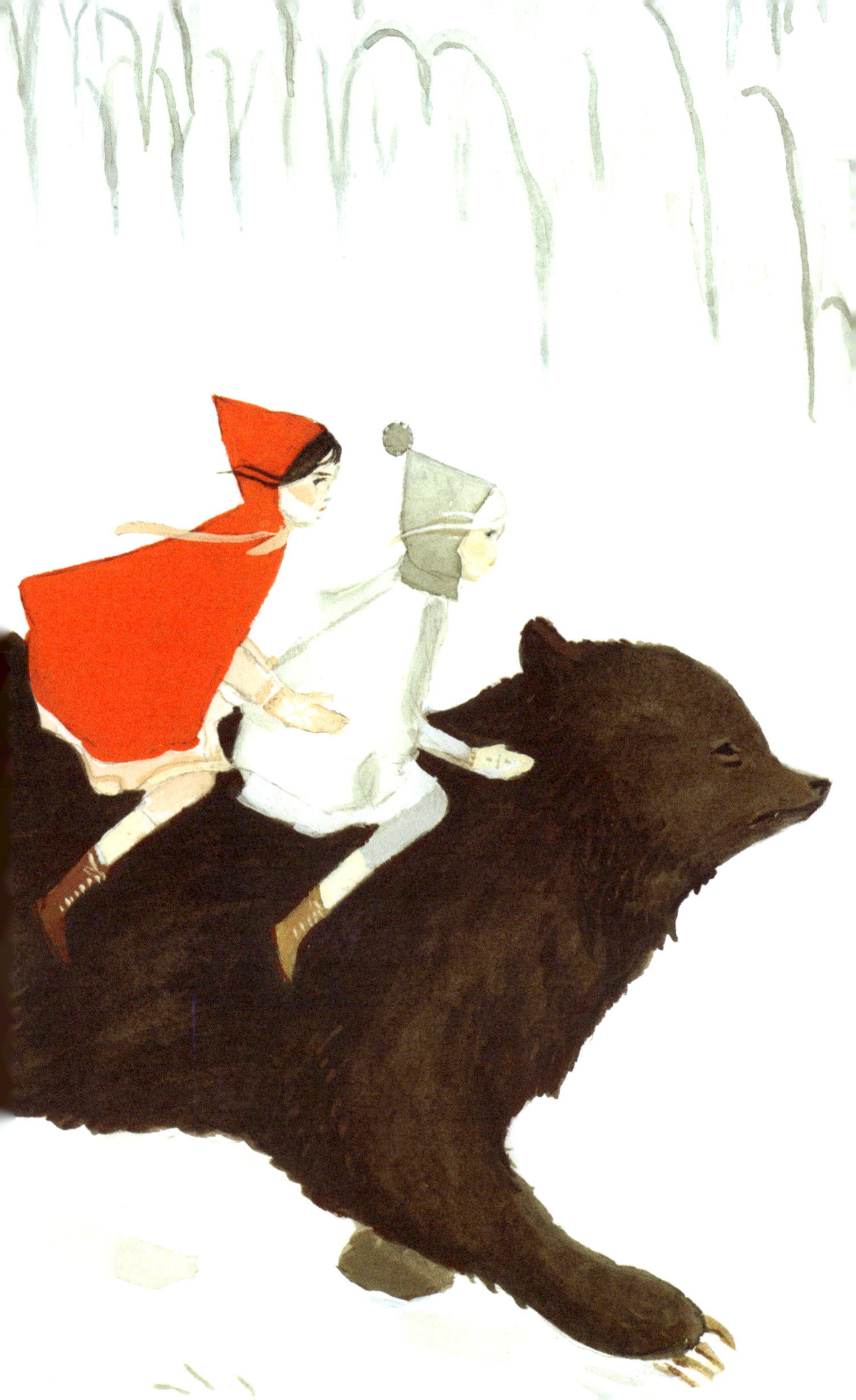

"Corre!", berrou Rosa, virando e puxando Neve de volta para a floresta.

O bandido de azul brandiu a faca, mas o urso deu-lhe uma patada, derrubando o homem no chão. Então o urso saiu em disparada, correndo ao lado das meninas. Mesmo mancando, seu corpo pesado era mais ágil do que sua forma poderia sugerir. Os três corriam a toda velocidade pela neve. Mas a neve esconde muitas coisas, como o emaranhado de raízes que prendeu o pé de Rosa. Ela foi lançada para a frente e perdeu o equilíbrio, sem tempo de escorar o corpo com as mãos. Rosa caiu com força no chão, perdendo o fôlego.

Neve virou-se para ajudar a irmã, gritando:

"Vamos logo, levante-se! Depressa!"

O urso ouviu e se aproximou delas. Os bandidos estavam quase alcançando os três.

Neve ajudou Rosa a se levantar.

O urso se colocou na frente das meninas, parecendo uma montanha. Então soltou um urro retumbante, e as árvores esqueléticas ao redor deles balançaram, fazendo chover neve. Os bandidos recuaram e olharam um para o outro, o de azul ainda segurando a faca. O urso se ajoelhou na neve, como pôde. Em seguida ergueu a cabeça e olhou para Neve e Rosa. Elas entenderam. E subiram nas costas dele, agarrando seu pelo.

O urso então deu meia-volta e saiu correndo, com as duas meninas montadas nele.

As meninas olharam por cima dos ombros e viram os bandidos ficando cada vez menores na orla da floresta. As árvores pareciam se fechar atrás deles e se abrir à sua frente, facilitando o caminho. Aos solavancos, as garotas seguraram firme na garupa do urso enquanto ele corria pelos bancos de neve, de volta por onde tinham vindo, por onde tinham brincado. Somente quando viram a cabana, ele diminuiu o ritmo, aproximando-se da porta a passos lentos e desajeitados.

As garotas deslizaram por suas costas quentes e correram para abrir a porta. Encontraram a mãe, que os esperava lá dentro, e viu os três entrarem, trôpegos.

O rosto das garotas estava ruborizado e entorpecido. Rosa e Neve não contaram à mãe nada além da guerra de bolas de neve. Exausto, o urso foi mancando até seu lugar diante da lareira.

A mãe espalhou neve lá fora para esconder as grandes pegadas que levavam até a cabana e, só quando deu o trabalho por terminado, entrou e trancou a porta.

✕ ✕ ✕

Elas mal tinham conseguido aquecer as mãos quando ouviram alguém bater com força à porta.

Todos os corações na cabana, os grandes e os pequenos, saltaram ao mesmo tempo. Rosa foi até a janela e espiou discretamente. Então fez um sinal para Neve, e juntas viram o Caçador andando de um lado para o outro na neve lá fora. A mãe delas caminhou até a porta e ergueu as mãos, como quem pergunta em silêncio: *E agora?*

"Não!", sussurrou Rosa.

Elas olharam de volta para onde o urso dormia perto da lareira.

O Caçador bateu mais uma vez e gritou:

"Tem alguém aí?"

Todas prenderam a respiração, como se ele pudesse ouvi-las através das paredes. E continuaram em silêncio até o Caçador bater pela terceira vez, voltando a gritar:

"Não quero fazer mal a vocês!" Então berrou, cada vez mais impaciente: "Estou vendo a fumaça saindo da chaminé!".

Depois, tudo ficou em silêncio. Elas espiaram pela janela para ter certeza de que ele já tinha ido embora e viram que suas botas haviam deixado novas pegadas escuras na neve.

Naquela noite, quando foi alimentar o urso, Rosa se aproximou dele com os passos hesitantes de sempre. Neve estava enfaixando a perna do animal. A velha ferida sangrava de novo. Neve ergueu os olhos e viu Rosa hesitar. Mas Rosa continuou se aproximando, sem medo. Colocou a tigela de comida diante dele e, em seguida, levou-a à boca do urso, acariciando sua cabeça.

Ela finalmente sentia que o conhecia. Finalmente acreditava que poderia chamá-lo de seu. Não como um animal de estimação, mas como algo selvagem que escolhera ser dela. E com essa crença vinha uma verdade: o urso podia ser perigoso para os outros, mas não era perigoso para ela.

Essa verdade envolvia Rosa como um cobertor e lhe dava uma segurança que ela não sentia desde que seu pai se fora.

CAPÍTULO 15

Aqueles que desapareceram

Quase um mês depois do banquete, da nevasca e dos bandidos, chegou a hora de montar uma árvore de Natal. Neve e Rosa encontraram um pequeno abeto perto da cabana e o cortaram. A árvore delas era pequena, mas perfumava a cabana como se a floresta estivesse lá dentro.

Na manhã de Natal, a família se reuniu perto do fogo para trocar presentes. Rosa havia tricotado um lindo cachecol para a mãe e um gorro azul-claro para Neve. O tricô de Rosa havia melhorado muito desde o desastroso cachecol cheio de grumos feito por ocasião do aniversário de Neve, e os poucos pontos emaranhados aqui e ali só serviam para lhe conferir ainda mais charme.

A mãe havia feito uma camisola e um par de meias novas para cada uma. Havia também um livro sobre piratas para Neve e uma bússola de bronze para Rosa. Dentro das meias, as meninas encontraram pedaços de doces de bordo embrulhados em papel-manteiga e caixas novas de lápis de cor. Gengibre e os gatinhos ganharam uma lata de sardinhas.

Rosa se acomodou com as costas apoiadas no urso, como se ele fosse um sofá quente feito de pelo. O fogo ardia com intensidade. Neve tocou para eles seu presente: uma música que encontrara em seus antigos livros e que vinha praticando sozinha. O som baixo e melodioso do arco nas cordas chegava até as vigas de cedro da cabana. A plateia de duas pessoas aplaudiu como se tivessem duas dezenas de mãos.

A mãe serviu uma bandeja com ovos marrons, canecas de chocolate quente e grossas fatias de pão de canela para o café da manhã.

"Eu gostaria que o papai estivesse aqui", disse Neve, olhando para o retrato pendurado perto da lareira.

"Ele está conosco", disse a mãe, os olhos pousando na pintura que fizera anos antes.

Rosa evitava olhar muito para o retrato. Doía, era como uma janela para um lugar que ela não podia visitar. Mas decidiu erguer os olhos para observar a pintura e sorriu ao notar como os olhos do pai brilhavam feito a corrente do relógio no bolso dele. Rosa ficara tão orgulhosa quando ela e a irmã presentearam o pai com aquele relógio... Elas tinham mandado gravar *De Neve & Rosa* no círculo dourado da parte de trás. Rosa estremeceu e aqueceu as mãos na caneca.

Depois do café da manhã e dos presentes, elas se agasalharam bem para fazer uma visita-surpresa à casa de Ivo. Quando abriram a porta da cabana, o urso se esforçou para ficar de pé e tentou sair com elas, olhando cheio de esperança para as três.

"Você não pode vir", disse Neve. "Não podemos arriscar."

Quando tentaram fechar a porta, ele enfiou o focinho para fora, bloqueando-a.

Rosa balançou a cabeça.

"Você é um urso procurado." Então abraçou seu pescoço e o trancou em segurança lá dentro.

Em seguida partiram para a casa de Ivo, levando uma cesta de presentes.

"Onde será que os bandidos passam o Natal?", Neve sussurrou para Rosa enquanto caminhavam com sua mãe.

"Em qualquer lugar onde eles possam estragá-lo", sussurrou Rosa em resposta.

Então elas passaram pelo local que haviam revirado com Ivo na noite do banquete. As amoreiras estavam cobertas de neve. Contra o branco, bem escondido em meio aos arbustos, as irmãs viram algo vermelho. Algo que a neve lhes mostrara que elas não tinham visto antes.

Elas se aproximaram para investigar e pediram que a mãe esperasse um pouco. Neve rastejou até o centro dos arbustos, emergindo com o tal objeto vermelho. Em seguida o estendeu, sujo e esfarrapado à luz do sol, antes de entregá-lo silenciosamente à mãe.

"O cobertor do papai", disse Rosa, baixinho.

O olhar da mãe era o de quem perdera alguma coisa e a encontrara logo depois. Ela sacudiu a camada de gelo e sujeira do cobertor, revelando pontos de onde pássaros haviam puxado fios para fazer seus ninhos. A lã se desfez em suas mãos, e ela ajoelhou e abraçou as meninas com tanta força que o corpo delas parecia um só de tão unidas.

Elas então ouviram o sussurro abafado de Neve vindo de algum lugar lá de dentro:

"Mamãe... por favor... você... está... me sufocando."

Em seguida caminharam em silêncio até verem um fio de fumaça conhecido saindo da terra.

As meninas chutaram uma camada de neve para o lado até encontrar a porta no chão, então bateram. Em alguns instantes, a mãe de Ivo abriu ligeiramente a porta, espiando de onde estava na escada.

"Feliz Natal!", desejaram.

Mas a mãe de Ivo não parecia feliz. E olhava ao redor delas com nervosismo.

"Entrem", disse ela. "E tranquem a porta." Depois virou-se e as conduziu escada abaixo até o salão principal. Um fogo fraco ardia lá dentro. A grande mesa do banquete estava vazia.

"Posso lhes oferecer alguma coisa, hã?", perguntou a mãe de Ivo, com frieza na voz.

Elas ficaram perto do fogo. O pai de Ivo estava sentado junto à lareira, imóvel como uma pedra diante das paredes de raízes sinuosas. E nem sequer ergueu os olhos.

Rosa e Neve olharam para a mãe, sem saber o que fazer. Rosa começou a tirar as coisas da cesta.

"Nós trouxemos alguns presentes...", disse a mãe delas, rompendo o silêncio.

Elas desembalaram dois potes de geleia amarrados com fita e depois dois pacotinhos, cada um com uma etiqueta que dizia *Ivo* na caligrafia de Neve e Rosa, respectivamente.

"Trouxemos geleia para vocês", disse Neve, presenteando a mãe de Ivo com os potes cor de amora. "Nós mesmas fizemos."

"E estes aqui são para o Ivo", disse Rosa, segurando dois pacotinhos meio disformes, amarrados com um laço na frente.

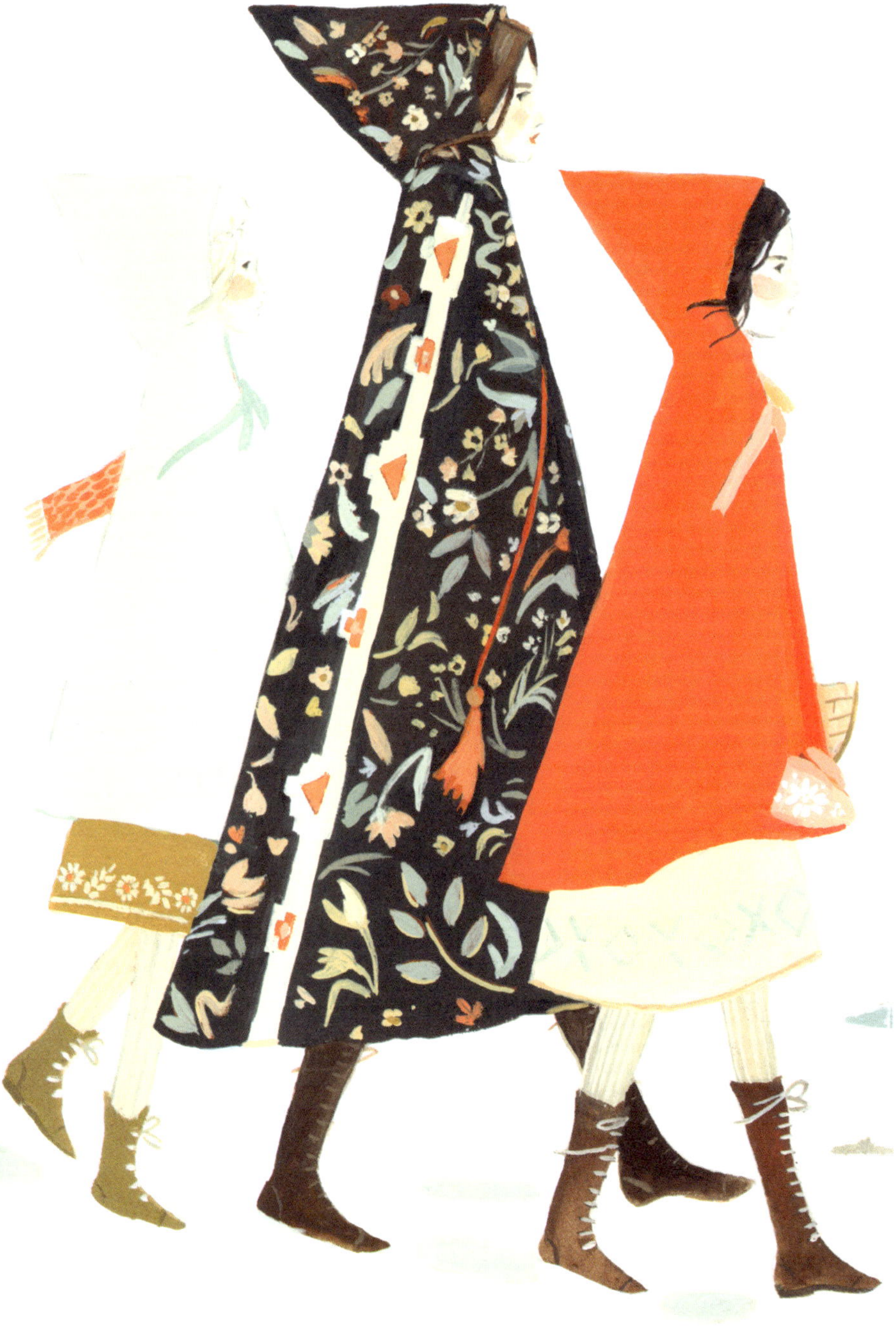

Ela olhou em volta, perguntando-se por que ele não tinha ouvido suas vozes. "Onde ele está?"

A mãe de Ivo pegou os presentes e afundou em uma cadeira, olhando para elas, desconfiada.

"Por que vocês não atenderam a porta?"

Neve, Rosa e Edith olharam para ela, confusas.

"Quando meu irmão chamou vocês." O pai de Ivo finalmente falou, sua voz soando áspera. "Quando a nevasca começou."

Elas se sentaram em um banco de madeira.

"P-Por que...", gaguejou Rosa.

A mãe delas pôs a mão no ombro de Neve e concluiu a pergunta.

"Por que ele foi nos procurar?"

A mãe de Ivo olhou para as visitas e desabou de tristeza.

"Vocês não sabem, hã?"

E começou a contar a história: que Ivo havia saído na noite do banquete e que seu filho, seu único filho, nunca mais havia voltado.

O peso das palavras foi sentido por todos. Neve e Rosa ficaram sentadas, em silêncio, no banco duro.

"Foi pouco antes da nevasca começar?", perguntou Edith, com a voz abafada.

"Se o tempo estivesse mais ameno", a mãe de Ivo olhou para o colo, "então teríamos mais motivos para ter esperança."

Edith se levantou, foi até a mãe de Ivo e pegou sua mão. "Temos procurado sem parar..." A mãe de Ivo fungou. "Mas foi aquele Rei Urso, eu sei. O Osprey está oferecendo uma bela recompensa e falou com todos os homens que conhece."

"Nós sabemos que vocês também sofreram uma perda", disse o pai de Ivo, levantando-se. Ele foi até a mesa comprida e voltou com um pedaço de papel. "Ele está aqui." E entregou o papel a Edith. "Com todos os outros."

A lista continha os nomes de todos que a floresta havia levado, todos que nunca haviam voltado para casa, escritos a lápis. Tantos nomes que enchiam a parte da frente e continuavam atrás: nobres e bandidos, pais e mães, filhos e filhas.

"Por quê?", perguntou Edith, rompendo o silêncio.

O pai de Ivo voltou a se sentar. Em seguida se virou para o fogo, dizendo palavras muito familiares para todos ali.

"Nós... não sabemos."

⚹ ⚹ ⚹

Naquela noite, de volta à cabana, a mãe delas tinha deixado mais dois presentes à espera embaixo da árvore.

"Seu pai e eu íamos dar isso a vocês quando estivessem mais velhas", disse ela.

As palavras pairaram no ar enquanto as meninas abriam as caixinhas. Dentro de cada uma havia um colar, perfeito em sua simplicidade, com uma única joia em uma delicada corrente de ouro.

Para Neve, uma pérola de água doce.

Para Rosa, um rubi, na forma de uma pétala facetada.

"São lindos", elogiou Neve, e Rosa assentiu.

Enquanto agradeciam à mãe pelos lindos presentes, as duas se moviam lentamente e falavam baixinho. A notícia sobre Ivo fazia tudo parecer abafado, como se falassem e se movimentassem debaixo d'água.

Neve e Rosa colocaram os colares, vestiram as camisolas novas e subiram na cama. Depois que a mãe lhes deu um beijo de boa-noite, ela desceu até a lareira e se aconchegou com Gengibre, observando o urso adormecido e o fogo que se apagava.

Neve falou em meio à escuridão:

"Por que todo mundo está desaparecendo?"

"Eu não sei", respondeu Rosa. Depois de um tempo, ela perguntou: "Qual era seu presente para o Ivo?".

Neve suspirou.

"Aquele elefantinho de bronze de que ele tanto gostava. E você?"

Rosa se virou, dobrando os joelhos junto ao peito.

"Lembra que ele usava aquelas meias velhas nas mãos?"

A escuridão era silenciosa.

"Luvas", disse Neve.

Rosa ouviu as lágrimas na voz da irmã. E sentiu as próprias lágrimas rolarem pelo rosto.

Lá fora, a neve caía novamente. E as árvores estremeciam, inquietas.

CAPÍTULO 16

Desbravando a primavera

Neve e Rosa esperavam notícias, qualquer notícia, de Ivo. Mas nenhuma notícia chegou.

O inverno ia passando longo e sombrio, e o vento uivava pelas paredes da cabana. Neve e Rosa ficavam perto do fogo, ou do urso adormecido, seu radiador vivo, para se manterem aquecidas. Fazia frio o tempo todo, tão frio que a mão de Rosa enrijecia enquanto tricotava ou virava a página de um livro. Os dedos de Neve ficavam dormentes enquanto desenhava lobos e pessoas pequenas com asas.

Rosa tinha o mesmo sonho agitado noite após noite. Um sonho com árvores que a cercavam, como paredes móveis de uma casa sem fim.

As meninas aguardavam o inverno escuro ir embora, vendo a despensa esvaziar e os filhotes virarem gatos crescidos.

A mãe delas se preparava para o Mercado do Equinócio da primavera, esperando vender algumas coisas, além de fazer as compras que precisava.

Em março, os dias ficaram um pouco mais longos. O sol, que parecia que não voltaria nunca mais, retornou. A neve derreteu. O vento abrandou, e o ar começou a esquentar. Do lado de fora, tudo que crescia começou a despertar e se desdobrar. Folhas tenras surgiram nos galhos pretos e gavinhas verdes irromperam o manto de terra escura.

Então, na primavera, o urso foi embora. Partiu tão repentinamente quanto chegara, nas primeiras horas do amanhecer. Rosa não estava acordada para vê-lo ir embora nem para se despedir com um abraço. Ela chegou à mesa do café e encontrou Neve e a mãe esperando em silêncio.

As mãos de Rosa começaram a expressar preocupação. Antes que qualquer palavra fosse dita, ela notou o espaço vazio onde deveria haver algo quente, escuro e em forma de urso.

"Eu não queria acordar você", disse a mãe. "Ele estava esperando junto à porta antes do sol nascer."

A dor atingiu Rosa com tanta força que os ouvidos começaram a zumbir.

"E você simplesmente o deixou ir? Lá para fora, com todas aquelas armadilhas e flechas? Lá onde querem matá-lo?"

"Se um animal quer ir, ele vai", disse a mãe, dando de ombros. "Não poderíamos mantê-lo aqui para sempre." Ela pôs outro lugar à mesa. "E não poderíamos *alimentá-lo* para sempre." Sua mãe olhou para o armário vazio. "Sem falar que vou ter que comprar outra galinha." Suspirou enquanto passava manteiga em um pedaço de torrada. "Parece que ele comeu a Douradinha Segunda quando saiu."

Os olhos de Rosa procuraram os de Neve, que assentiu e baixou a cabeça.

A mãe olhou para as meninas.

"Como não temos mais um urso de guarda, preciso que cuidem muito bem uma da outra nos dois dias em que eu estiver no mercado. Mantenham a porta trancada. E *nada* de se aventurarem pela floresta. Eu não quero..."

Rosa começou a ajudar a mãe a arrumar as coisas para a viagem, mas suas sobrancelhas estavam franzidas.

"Alguém tem que procurá-lo. As pessoas acham que ele *comeu* o Ivo, mamãe."

"Venha se sentar", disse a mãe, servindo uma xícara de chá. "Tome seu café da manhã. Eu termino de fazer as malas."

Rosa não se sentou. Apenas saiu e voltou para o quarto delas.

Edith terminou de fazer as malas e se virou para Neve.

"Ela só precisa de um tempo." Então deu um beijo no topo da cabeça da filha. Depois gritou "tchau" e fechou a porta. A trava se encaixou com firmeza no lugar.

Rosa voltou toda vestida, com as botas amarradas, mas o cabelo desgrenhado e sem escovar.

"Você devia ter me acordado", disse ela a Neve em uma voz baixa que represava uma avalanche de palavras.

Neve ergueu os olhos de seu pedaço de torrada. Antes que pudesse dizer qualquer coisa, a porta bateu. Rosa saiu atrás do urso naquele início de primavera.

Ele não pode estar longe, pensou Rosa. *Não ainda*. Sua cabeça zumbia pensando no Caçador, nos bandidos e em todo o resto naquela floresta voraz, que já tomara tanta coisa. Não lhe ocorreu que a irmã também pudesse ser levada.

Rosa não sabia que rumo tomar, mas, pela primeira vez, entendia o que Neve devia ter sentido tantas vezes. Só que Rosa não tinha prática em lutar contra a fúria que queria dominá-la. A contenção dentro de Rosa, represada com tanto empenho, havia se rompido.

Ela cruzava a floresta, arrancando galhos, esmagando samambaias, cogumelos, folhas e as primeiras flores de primavera sob suas botas. Rosa pisava duro por entre as árvores como um gigante furioso de um dos contos de fadas de Neve. As sombras se moviam pelas árvores, até que a manhã deu lugar ao meio do dia. Sob a luz do sol, Rosa saiu da floresta e foi ao local preferido de Neve na encosta. Em sua exaustão, ela não prestava mais atenção em nada e já não se importava se os bandidos estivessem lá. Então desmoronou na grama nova e macia e chorou. Chorou por sua solidão e por ter sido tão medrosa a vida toda. Chorou pelo que poderia acontecer com o urso, chorou por seu pai e por Ivo, por todas as pessoas naquela lista, pessoas que ela nem conhecia. Chorou tanto até mal conseguir respirar.

Rosa então ouviu um som, um discreto farfalhar. Pelo canto do olho, viu que alguém a observava.

Ela enxugou as lágrimas na manga e se virou. Seus olhos verdes encontraram dois olhos brilhantes. Uma grande raposa encarava Rosa com timidez e se aproximava devagar. Os únicos sons eram a respiração entrecortada da menina e o sussurro da grama enquanto a raposa vinha em sua direção.

Rosa fungou e tentou acalmar a respiração.

"Olá", disse ela.

A raposa era enorme, quase do tamanho de um lobo, mas magra e esguia. Rosa estava quase perto o bastante para tocar seu pelo vermelho. De repente, a raposa ouviu algo. Assustada, ela congelou, erguendo as orelhas. Com um salto nervoso, a raposa disparou, deixando um rastro de pelos cor de ferrugem com uma cauda branca.

Rosa a viu desaparecer na floresta.

Uma pequena e familiar figura branca surgiu de repente vindo da escuridão das árvores.

"Aí está você!", gritou Neve. "Eu estava me perguntando se encontraria você aqui."

Ela se aproximou e parou ao lado de Rosa.

"Agora fico dias sem pensar nisso", disse Neve com calma, olhando para a casa antiga delas. "De alguma forma, a casa parece menor do que eu lembrava." Ela entregou um embrulho feito com guardanapo para Rosa e disse: "Trouxe algo para você comer".

Rosa se levantou e se limpou. Comeu o pão com geleia, agradecida, enquanto caminhavam.

"Mal posso acreditar que você saiu batendo a porta!", disse Neve, dando um tapinha no ombro de Rosa. "Parecia eu."

Rosa tentou sorrir. A raiva a dominara, deixando uma sensação de vazio em seu peito.

"O que você quer fazer?", perguntou Neve. "Uma vez que já quebramos todas as regras da mamãe..."

"Encontrá-lo", respondeu Rosa, com a voz rouca.

Neve não discutiu.

"Que sorte que somos especialistas em esconde-esconde." Ela sorriu para a irmã.

"Só queria saber onde procurar", disse Rosa.

"Acho que vamos ter que andar muito por aí", sugeriu Neve.

Então elas caminharam pela floresta enquanto entardecia, à procura de pistas: pegadas na terra, marcas de garras no tronco das árvores, qualquer sinal do urso. Em certo momento deixaram a trilha e seguiram para leste. Passaram pela biblioteca com seu ar silencioso, pelo curral de cabras, agora vazio.

Quando bateram à porta, ninguém atendeu.

"Ela falou que iria embora", disse Rosa.

"Eu não acreditei nela", ponderou Neve, com o queixo no parapeito da janela. Nenhum sinal de vida do outro lado do vidro empoeirado.

Por fim voltaram para a trilha e foram para oeste.

"Olha, são aquelas árvores que parecem homens velhos", disse Neve, apontando para a frente.

O bosque se estendia diante delas, galhos antigos arqueando-se no alto. Atravessaram o bosque até um novo trecho de floresta, um lugar onde os troncos das árvores eram macios como papel pardo e mais largos que braços estendidos.

Rosa parou de repente e se ajoelhou. Algo escuro encharcava o musgo e a terra.

"Veja", disse ela. Tocou o chão à frente e mostrou para Neve a ponta do dedo pintada de vermelho.

Um rastro de sangue corria como uma fita vermelha. Parava aqui e ali, depois recomeçava, manchando as folhas.

"Quanto sangue...", disse Neve, com a voz preocupada.

Por favor, desejou Rosa em silêncio enquanto seguiam. *Por favor, que não seja dele.*

De repente, o rastro parou. As meninas procuraram, revirando folhas e levantando galhos, com medo de ver onde o caminho terminava. A caçada as levou até a base de uma enorme árvore, tão grande que dez homens juntos não conseguiriam abraçá-la. Elas deram a volta na árvore, maravilhadas com o tamanho. Rosa notou um brilho metálico escondido na casca lisa e mostrou para Neve. Eram dobradiças de bronze, o único indício que revelava o que havia camuflado no tronco: uma porta.

Na base dela, o chão estava manchado de sangue.

"É aqui que o rastro nos leva", disse Neve. Então encostou o ouvido à porta. Ansiosa, Rosa se juntou a ela, tremendo. Não ouviram nada.

"Vamos entrar?", perguntou Rosa, já sabendo a resposta.

Sua preocupação com o urso era maior do que todo o resto. Ela tentou a maçaneta. A porta se abriu, e as garotas entraram com cuidado.

Chegaram a uma entrada redonda, rústica, mas magnífica. As paredes esculpidas na árvore oca estavam pintadas de um azul vivo. Presos em suportes, do chão ao teto, havia fileiras e mais fileiras de galhadas e chifres. A luz entrava pelo alto, e um feixe fino iluminava o caminho a seguir, descendo mais para o subsolo. Neve e Rosa continuaram andando, acompanhando o filete fresco de sangue traçado no piso de madeira, que as levava para outra sala. Um local de trabalho, uma sala de troféus.

Nesse momento, sentiram que centenas de olhos as observavam.

Elas estavam no centro da sala, cercadas por um zoológico imóvel e silencioso. Cada espaço vazio estava repleto de pássaros empalhados e veados de olhos vidrados; gatos selvagens com grandes mandíbulas silenciosas e dentes afiados; javalis pretos com presas encurvadas. Alguns eram do tamanho que a natureza os faria, mas outros eram duas vezes maiores, a marca da floresta. A luz da tarde entrava pálida pelas janelas instaladas no teto, como as da casa de Ivo.

Neve e Rosa souberam quem chamava aquele lugar de lar mesmo antes de verem a flecha de penas azuis. Ainda estava cravada no coração do melro que jazia em uma mesa escura no centro da sala, as enormes asas estendidas em ângulos desengonçados. Suas penas brilhavam em tons de preto, verde e azul.

"Podemos ir para casa?", Neve perguntou baixinho, olhando ao redor. A cor havia sumido de seu rosto.

Rosa olhou para o pássaro morto. Também se sentia mal, mas ao mesmo tempo aliviada por não ser o urso. No entanto, enquanto olhava para os olhos escuros e sem vida do melro, seu alívio foi substituído pelo pensamento de que aquele pássaro poderia ser importante para alguém. Que ele poderia ter sido o urso de *alguém*.

"Não vou para casa", disse Rosa, observando todas aquelas cabeças presas à parede. "Não até encontrá-lo."

De repente, uma porta se abriu e se fechou, e as meninas ouviram um som de vozes graves se aproximando. Elas se afastaram depressa da mesa de trabalho e se esconderam entre as penas e as peles sem vida, tão quietas quanto os animais ali em volta. O som da voz do Caçador vinha acompanhado da voz de vários outros homens.

"A leste", disse um. "Foi lá que ele foi visto."

Rosa e Neve espiaram por cima das costas de um alce.

O Caçador apareceu, distribuindo copos e servindo bebidas. "Sei que vocês não gostam de ir tão longe", disse ele. As meninas reconheceram os casacos militares surrados e os homens que os usavam: dois bandidos. "Mas vai valer a pena."

"Precisamos ver essa recompensa, conforme combinado", disse um dos bandidos, olhando para o Caçador e rindo. "Nós quase o pegamos alguns meses atrás. Para a nossa alegria, você triplicou o valor do prêmio."

"Não tem nada de alegre no que aconteceu", rosnou o Caçador. "Eu amava aquele garoto como se fosse meu filho." Neve e Rosa se entreolharam, percebendo a tristeza que se escondia nesse vozeirão. O Caçador jogou um saquinho de couro sobre a mesa, que tiniu, cheio de moedas.

"Que melro monstruoso", disse o outro bandido enquanto passava o dedo nas penas da ave.

O Caçador recolheu provisões de gavetas e armários e as enfiou na bolsa de caça.

"Lembrem-se", disse ele. "A recompensa é de vocês se o trouxerem para mim. Mas, se o encontrarmos juntos", ele colocou o arco no ombro, "o urso é meu."

CAPÍTULO 17

Aventureiras

As meninas prenderam a respiração enquanto os homens terminavam de recolher suas coisas. Quando ouviram a porta se fechar, Rosa e Neve esperaram mais um pouco para ter certeza de que eles tinham ido embora. Então saíram rapidamente da casa do Caçador em direção à própria cabana.

"Precisamos de suprimentos", Rosa disse com uma voz frenética, caminhando apressada. "Precisamos da bússola para saber onde fica o leste. Além de comida, cobertores..."

"Por quanto tempo vamos sair para procurar?", perguntou Neve, preocupada.

"Se você não quiser ir, não precisa", disse Rosa. "Pode ficar."

"Mas... o que vamos fazer se o encontrarmos?", indagou Neve.

"Ainda não sei", falou Rosa.

"Eu vou", declarou Neve. A quietude de Rosa se despedaçara. Neve não podia deixá-la ir sozinha.

"Podemos procurar até o sol se pôr", disse Rosa. "Se for preciso, podemos montar acampamento."

Quando chegaram à cabana, reuniram seus pertences. Neve alimentou os gatos, e Rosa vasculhou prateleiras e armários, colocando vários itens em uma bolsa: um cantil de água, um pouco de comida, seu caderno, a bússola, a faca do pai e as pedras que centelhavam.

"Só por precaução", disse Rosa, entregando um lampião a Neve.

Neve resmungou enquanto o pendurava no braço. Rosa enrolou dois cobertores. Neve olhou para eles, desconfiada, e Rosa repetiu:

"Só por precaução."

Entregou um cobertor a Neve, e cada uma delas jogou uma das trouxas sobre o ombro. Depois partiram em direção ao leste.

× × ×

A floresta estava atipicamente quente, e as meninas continuavam em sua caminhada, agora se movendo mais devagar. Seguiram a seta da bússola, avançando mais para o interior da floresta a leste do que jamais haviam avançado. Caminhavam lado a lado enquanto os raios de sol brilhavam quentes atrás das árvores novas.

Rosa as guiava com a bússola, impulsionada por um senso de propósito. Parecia animada ao serpentear por entre as árvores de uma parte desconhecida da floresta. De vez em quando, parava e anotava um ponto de referência, como uma

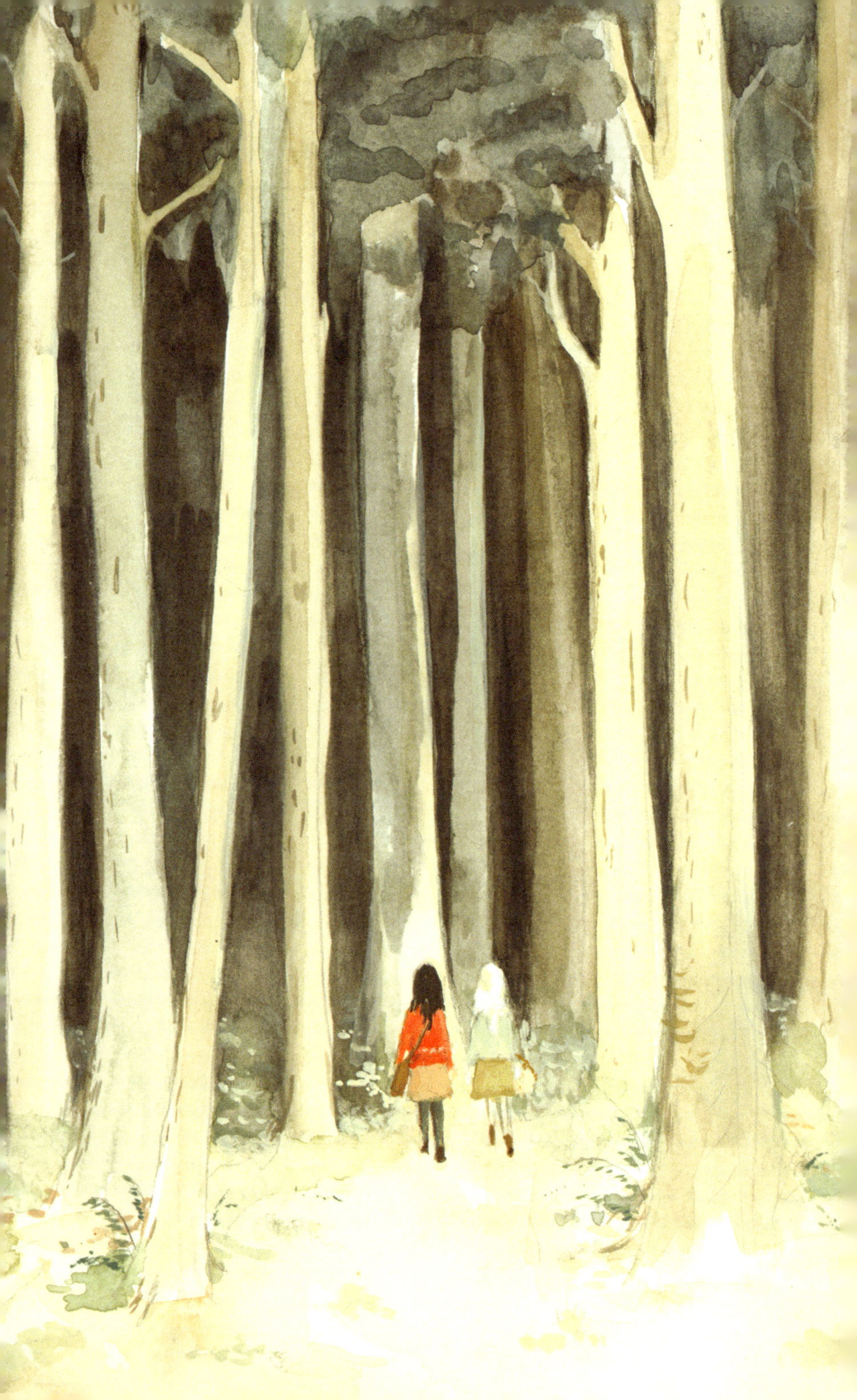

pedra grande que parecia uma mão gigante apontando para o céu ou uma clareira de violetas silvestres. Neve a acompanhava, leal, sobrecarregada pelo peso das provisões. Cada curva nova e inexplorada trazia a esperança de acharem o urso. Elas iam cada vez mais longe, procurando qualquer sinal dele. Encontraram uma flor que parecia uma sapatilha de balé, um osso pequeno, uma pena azul brilhante do tamanho do braço de Neve, mas nenhum vestígio do urso.

As árvores se revelavam diante delas, os galhos nus de primavera acenando para continuarem em frente, levando-as para longe do terreno acidentado e das valas escondidas. Rosa registrou um pântano enquanto contornavam o cheiro úmido e a lama escura. Felizmente, elas não cruzaram com nenhum bandido. Infelizmente, também não cruzaram com nenhum urso.

Quando o sol começou a se pôr no céu, Neve e Rosa pararam para descansar em um lugar onde uma pequena cachoeira formava uma piscina clara e fria. A água descia das quedas e desaparecia em um riacho escondido no subsolo. Elas desamarraram as botas para descansar os pés na terra fresca. Rosa tirou da bolsa a faca do pai e cortou uma maçã em duas metades, entregando uma para Neve. Sentaram-se para comer nas rochas que se erguiam em círculo ao redor da piscina, acolchoadas pelo musgo.

Neve deixou o lampião e a trouxa na base de um velho toco, ao lado da rocha em que se sentara, sem perceber que aquele lugar era um lar. Então as meninas ouviram um zumbido. Quando o ruído ficou mais alto, elas olharam em volta. De repente, surgiram abelhas, subindo do toco como uma fumaça furiosa.

"*Carambolas!*", gritou Neve, pulando de roupa e tudo na água.

Rosa subiu em uma pedra que se projetava para fora da piscina e observou o enxame pairar sobre Neve, que respirou fundo e também mergulhou. As abelhas começaram a se dispersar, mas Neve continuou lá embaixo. Enquanto observava a água à espera de Neve, Rosa sentiu uma picada. Então começou a agitar os braços e sentiu a bolsa escorrer. Ela agarrou a alça de couro no exato momento em que a bolsa caía na pedra.

A bolsa se abriu, despejando todo o conteúdo na água: o pão que ela embalara, as pedras que centelhavam e, por fim, a bússola. A correnteza levou tudo embora pelo riacho escondido.

Neve emergiu, ofegante, em busca de ar. Com água até a cintura, ela fez de tudo para pegar a bússola e até conseguiu resgatá-la, mas o objeto estava cheio d'água. A flecha não apontava mais para nenhum lugar.

Elas voltaram para a margem da cachoeira, as roupas molhadas de Neve grudadas no corpo, as duas tremendo. Quando a irmã lhe entregou a bússola quebrada, Rosa notou que faltava algo no pescoço de Neve.

Neve acompanhou o olhar de Rosa, levando a mão depressa ao pescoço e percebendo que seu colar havia sumido.

Os olhos de Neve se encheram de lágrimas. Elas logo foram substituídas por uma cara fechada.

"Quero ir para casa", disse ela. "Eu sabia que isso não ia dar certo."

"Ah, Neve... Eu sinto muito", lamentou-se Rosa, dominada pela culpa enquanto envolvia a irmã em um cobertor seco. E pensou na pérola em algum lugar lá embaixo d'água, perdida para sempre. "Mas... e o urso?"

"E *nós*?", perguntou Neve.

Rosa calçou as botas em silêncio.

"O que quer que tenha levado o Ivo pode nos levar também", continuou Neve, tirando as meias molhadas.

Rosa olhou em volta para a floresta sem fim. A luz começava a enfraquecer. Nada parecia familiar nem seguro. A preocupação com o urso tinha sido tamanha que ela não tinha pensado em se preocupar com *elas*. Não até aquele momento.

"Quero ir para casa", repetiu Neve. Então, ao erguer os olhos e ver o rosto de Rosa, suspirou, balançando a cabeça. "Você acha mesmo que poderemos salvá-lo?"

Rosa entregou as botas para a irmã calçar.

"Somos as únicas que *querem* salvá-lo."

Elas atravessaram um bosque de bétulas brancas e finas, mas a busca era lenta e preocupante. Neve resmungava, tremendo nas roupas molhadas. Rosa estava com medo de andarem para muito mais longe sem a bússola. Ouvia o ronco de seu estômago acima dos resmungos de Neve, e seus pés doíam.

Quando a noite chegou, elas encontraram uma clareira. Neve mal falou enquanto arrumavam os cobertores no chão e colocavam o lampião entre eles. Depois, saiu para pegar alguns gravetos para fazerem uma fogueira. Quando voltou ao acampamento, Neve pediu, sem nenhuma emoção na voz:

"As pedras que centelham."

"Elas...", Rosa parou de falar.

"Elas também caíram", disse Neve, atirando a madeira no chão. "Então vamos congelar."

Rosa pegou um pedaço pequeno de queijo e um único pão úmido de dentro da bolsa. Depois usou a faca do pai para fazer dois minguados sanduíches. Ofereceu um a Neve.

Neve comeu em silêncio, olhando para o chão. Sua palidez brilhava à meia-luz.

"Vamos para casa assim que amanhecer, entendeu?"

"Sinto muito pelo colar", murmurou Rosa, sentindo-se impotente com o pouco que as palavras poderiam fazer. Então suspirou e olhou para cima, procurando a lua escondida. "Eu achei que...", continuou ela, com os ombros caídos. "Nós não conseguimos salvar o papai."

Neve não disse nada.

O calor do dia se fora com o sol, e a noite ficava cada vez mais fria. Rosa fez uma pausa, tentando encontrar as palavras certas.

"Então achei que poderíamos salvar... alguém."

"O papai vai voltar", disse Neve. "Eu acredito nisso."

Rosa respirou fundo e balançou a cabeça. De repente as palavras saíram tão rápido que ela não conseguiu detê-las.

"Ele se foi, Neve! Ele nunca mais vai voltar."

Em meio ao terrível silêncio que se fez, Rosa queria desdizer as palavras. Mas, mesmo que pudesse, isso não mudaria a verdade.

Neve olhou para Rosa, atordoada. Então desviou o olhar outra vez.

A noite transcorreu no mais completo silêncio, apenas com o piar das corujas e dos pássaros noturnos e o bater das asas de morcegos que voavam lá no alto.

X X X

"Eu já lhe disse que você não pode", disse a velha.
"Mas elas estão perdidas", replicou a jovem.

"Se tiver que acontecer, vai acontecer", continuou a velha com uma voz que fez estremecer cada galho de árvore.

"Mas eu posso ajudá-las a encontrar o caminho", retorquiu a jovem.

"Eu já lhe disse..." No entanto, antes que a velha pudesse terminar a frase, a jovem já havia saído.

X X X

De manhã, as coisas pareciam ainda menos familiares. Como a floresta em movimento no sonho de Rosa, as paredes de árvores pareciam ter se movido ao redor delas enquanto dormiam.

"Acho que é por aqui", disse Rosa, caminhando lentamente em uma direção.

Neve a seguiu, mas então Rosa parou, o rosto corando de vergonha. No dia anterior ela parecera uma verdadeira exploradora, navegando orientada pelo seu senso de certeza e propósito, mas, naquela manhã fria, ela as levara direto de encontro às rochas.

"Você não consegue ter alguma noção pelas coisas que andou anotando?", perguntou Neve, com o estômago roncando.

"Eu não sei", disse Rosa.

Elas tinham ido longe demais. Sua mente estava enevoada pela dúvida. Rosa dobrava e desdobrava o papel, olhando para os pequenos desenhos da mão de pedra, do canteiro de violetas e dos caminhos que achava que haviam percorrido. Sem a bússola, nada daquilo fazia sentido. Então se lembrou dos magníficos mapas em seu livro preferido e amassou o inútil papel na mão.

Neve se sentou no chão e começou a chorar.

"Isso é culpa sua", disse ela. "Estou morrendo de fome... Meu colar... E estamos realmente perdidas!"

Rosa olhou para a floresta sem fim e ergueu o rosto para o céu cortado pelos galhos logo acima.

"Você não *precisava* ter vindo", murmurou Rosa. Mas ela sabia que não teria ido sem Neve. Porque precisava dela. Porque ela era Rosa, coração de coelho.

"Alguém pode nos ajudar?!", gritou Neve para o vazio.

Apenas o vento respondeu, agitando as samambaias e emaranhando ainda mais seu cabelo.

"Eu vou encontrar o caminho", disse Rosa, tentando parecer confiante. "Vamos, levante-se."

"Estou com frio." Neve fungou e limpou o nariz.

"Você pode usar o meu suéter", disse Rosa.

"Isso ainda é culpa sua", murmurou Neve.

Então começaram a atravessar um trecho coberto de samambaias verde-azuladas. Centenas de pequenos insetos de asas brancas se ergueram ao redor delas. A visão era tão bonita que Neve e Rosa tiveram que parar para admirar, maravilhadas.

Os insetos não eram abelhas nem borboletas. A luz do sol se filtrava em raios luminosos, fazendo-os brilhar enquanto esvoaçavam em volta dos ombros das duas garotas.

"Parecem fadas", murmurou Neve.

De repente os insetos se reuniram, formando uma criatura brilhante, uma pequena pessoa iluminada por dentro, que revelou um par de asas nas costas. Das árvores, uma criatura maior veio voando, tremeluzente. Ela se juntou à menor, e as duas pairaram sobre as samambaias, com asas translúcidas permeadas de veios dourados, delicadas como papel.

Neve levou a mão à boca e olhou para Rosa.

"Eu falei", sussurrou ela. "*São* fadas."

Os olhos de Rosa se iluminaram com o brilho das fadas diante dela, voando com suas asas douradas. Algo inimaginável. As fadas chamaram as meninas com um aceno. E, como já estavam perdidas mesmo, Neve e Rosa as seguiram. As fadas as guiaram pela floresta e, à medida que as meninas caminhavam, as coisas se tornaram mais familiares.

Elas atravessaram o bosque de bétulas brancas, passaram pela cachoeira, deram a volta no pântano e seguiram pela clareira com o tapete de violetas, percorrendo depois a mão de pedra. Ao meio-dia, chegaram ao riacho onde haviam lutado contra o monstro do rio e salvado o Homenzinho. Então Neve e Rosa jogaram suas coisas no chão e correram para tomar um gole d'água.

Ao virarem, notaram que o brilho das fadas diminuía, recuando para o meio das árvores. Elas estavam indo embora.

"Eu falei que vi uma fada na casa do Ivo", disse Neve à Rosa. "Agora você acredita em mim?"

Rosa estava prestes a responder, mas foi interrompida por um farfalhar.

Nesse instante, do meio das árvores, do meio das próprias folhas, surgiu o Homenzinho. Sem garras, dentes afiados, flechas ou punhais, ainda assim ele parecia bastante ameaçador.

As meninas se aproximaram.

"Ah!", zombou ele. "As destruidoras de barba. Vieram fazer mais estragos?"

As duas largaram as coisas que carregavam.

"Não se preocupe, nem passa pela nossa cabeça *salvá-lo* de novo, se é o que quer dizer", rebateu Neve.

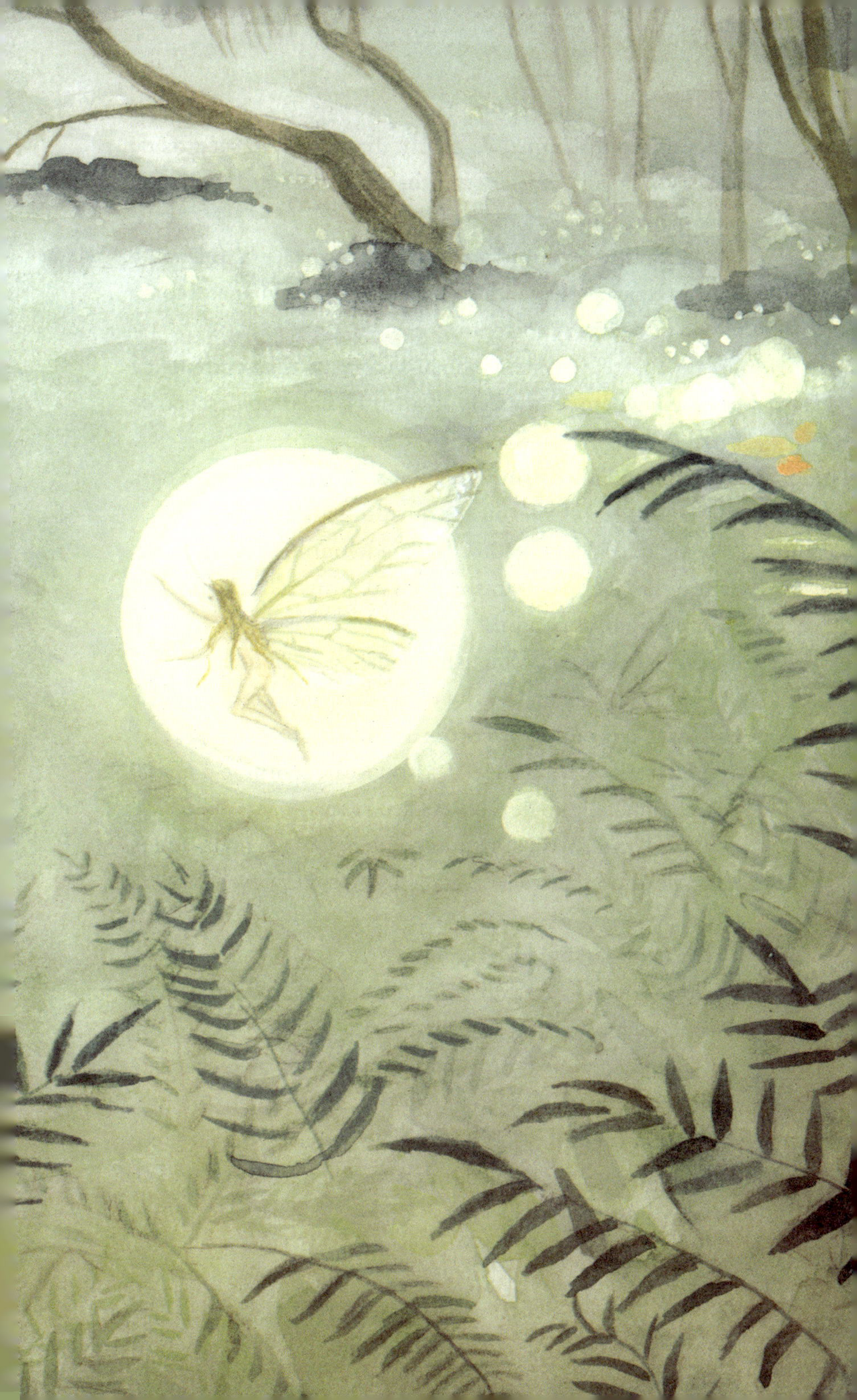

"Eu não disse que, se algum dia nos cruzássemos de novo, vocês lamentariam muito, muito mesmo?", indagou o Homenzinho.

"É melhor a gente correr", murmurou Rosa. E levou a mão ao colar, explicitando a preocupação pela maneira como mexia os dedos na corrente.

Os olhos do Homenzinho brilharam ao ver a corrente de ouro, e logo em seguida ele arrancou o colar do pescoço de Rosa de um jeito incrivelmente rápido.

Então o Homenzinho ergueu a delicada corrente para apreciá-la, depois a levou aos ouvidos para escutá-la.

"Ah, querido, adorado e civilizado ouro!", exclamou ele, dançando. "Elas precisam me dar isso." Seus olhos brilharam. "Um presente para mim."

Neve e Rosa olhavam, paralisadas pelo choque.

Então ele deu meia-volta e saiu correndo com a rapidez do ladrão que era. Neve correu atrás dele.

"Deixa o colar com ele!", gritou Rosa, sentindo o perigo que o Homenzinho deixava em seu rastro.

Mas Neve corria com a imprudência de alguém que já havia perdido muita coisa. Ela virou a cabeça e gritou para a irmã:

"Não podemos perder os dois!"

Rosa pegou a bolsa do chão, deixando todo o restante no mesmo lugar, e correu atrás de Neve.

O Homenzinho corria em disparada com as pernas que se dobravam para trás, com Neve em seu encalço, um fantasma branco zunindo por entre as árvores. O cabelo preto de Rosa voava atrás dela enquanto perseguia a irmã, como a noite perseguindo o dia.

Rosa tentava não perder Neve e o Homenzinho de vista. Em meio às árvores, ela os viu chegar à entrada de uma caverna que assomava do chão. E, quando o Homenzinho adentrou a escuridão, Neve seguiu atrás dele.

Rosa chegou bem a tempo de ouvir o Homenzinho grasnar cinco palavras antes da entrada da caverna se fechar.

A menina ficou paralisada diante da repentina quietude. Não tinha certeza se as palavras eram para ela ou para Neve, só que pareciam ecoar nas rochas que agora estavam à sua frente.

"Você é bem filha do seu pai."

CAPÍTULO 18

Terrível eu sou

As árvores passavam como um borrão à medida que Rosa corria.

De vez em quando, ela ouvia um som vindo de trás. Mas podia ser apenas o som dos próprios passos, pois, cada vez que se virava, não via ninguém.

Quando chegou à biblioteca, ela bateu à porta, mas novamente ninguém atendeu. Então esperou um pouco e, em seguida, entrou.

A biblioteca estava deserta.

A escada em espiral estava abandonada. As prateleiras, vazias e descuidadas, as etiquetas, espalhadas lá embaixo. O único movimento era da poeira que flutuava em meio aos raios de luz.

Rosa subiu as escadas correndo, examinando as prateleiras. Mas só via lixo. Era tudo que restara... Talvez tivesse sido sempre só isso mesmo. Seus olhos notaram uma caixinha perto de seus pés. A caixa tinha uma impressão em letras desbotadas e fez um barulhinho quando ela a chacoalhou. Rosa a abriu e encontrou três fósforos. Nesse instante se lembrou de que, quando estava na margem do rio, o Homenzinho se assustara com as pedras que centelham. Os olhos dele tinham se enchido de medo com a palavra *fogo*.

Rosa guardou depressa os fósforos na bolsa. Ela tinha um plano de verdade. Saiu correndo da biblioteca e foi até a fazenda de Ivo.

Rosa nunca havia corrido tanto! As pernas doíam e a respiração queimava, mas o sol já estava mais baixo no céu. Ela torcia para que houvesse luz do dia suficiente para dar tempo de conseguir o que precisava e voltar para a caverna.

Mais uma vez, ouviu um farfalhar atrás de si. Mais uma vez, ela se virou e não viu ninguém.

Na fazenda de Ivo, ela bateu e chamou, mas, assim como na biblioteca, ninguém apareceu. Rosa encontrou a alavanca escondida na árvore e mal conseguiu puxá-la. Quando a porta no chão se abriu e ela desceu as escadas, lembrou-se da primeira vez que Neve e ela haviam estado ali. Lembrava-se de terem caído lá dentro e do rosto de Ivo quando as encontrou.

Ela alcançou as cavernas de cogumelos e chamou mais uma vez. Olhou para as paredes, iluminadas pelo musgo-lampião, mas estavam vazias. Ela não viu um único cogumelo.

Então Rosa compreendeu por que a caverna estava tão vazia.

"É claro. O mercado." Mais ao fundo, ela notou alguns cogumelos que ainda cresciam no escuro.

Mas Rosa procurava um cogumelo em particular.

Quando encontrou a prateleira que procurava, ficou na ponta dos pés. Estendeu a mão, tateando às cegas até sua mão roçar algo oco e arredondado. Então sentiu outro, e mais um. Era o primeiro sinal de esperança em dias. Três bolsinhos do João Pestana seriam o suficiente para fazer o Homenzinho dormir por muito tempo.

Ela os guardou com cuidado, como se fossem ovos preciosos, ao lado dos fósforos e do cabo de marfim da faca de seu pai. Um arsenal pequeno, porém perigoso.

Enquanto subia de volta para a luz do sol, Rosa encheu os pulmões com o cheiro da primavera, que vinha de cada raiz sinuosa escondida, de tudo que lutava para sair do chão. Em seguida refez o caminho até a caverna e Neve.

"Você é bem filha do seu pai", repetiu muitas vezes a si mesma enquanto corria, e as palavras lhe deram coragem.

Quando chegou à caverna, Rosa ouviu de novo o misterioso farfalhar. Prendeu a respiração. Então vislumbrou um focinho estreito, um lampejo de pelo vermelho e uma cauda com ponta branca.

"Ah, é só você!", disse ela, soltando o ar.

A grande raposa vermelha veio em direção à Rosa com passos hesitantes.

"Você pode me ajudar?", indagou a menina, olhando para as rochas que bloqueavam a entrada da caverna.

Então ela se ajoelhou para tatear as pedras cimentadas com musgos. Era tudo sólido, fixo e imóvel. A raposa vermelha cheirou as fendas na rocha.

"Se não houver uma maneira de *passar* por aqui", ela olhou para a raposa, na base da entrada, "a única entrada é por baixo."

A raposa já estava cavando. As mãos de Rosa não trabalhavam tão bem, mas ela ajudou a cavar. A raposa cavou um túnel rapidamente. Sua cauda desapareceu em um instante, deixando um rastro de terra preta. Quando a raposa retornou, o focinho despontando primeiro, a passagem já estava pronta. Rosa rastejou toca adentro, seguindo a raposa e contornando a entrada da caverna.

Ao saírem do túnel, ela se levantou e se limpou. Tudo ao seu redor estava escuro, mas logo mais à frente as paredes emitiam um brilho quente e radiante. Rosa reuniu coragem, apoiou a mão nas costas da raposa, e então as duas caminharam pela caverna escura em direção à câmara dourada.

Além da escuridão, a caverna brilhava, cheia de montanhas de tesouros: anéis, coroas, taças e moedas de terras distantes, como a imagem da caverna de Aladdin em um dos livros de Neve. Uma abertura na caverna em algum lugar no alto fazia o ouro cintilar com a luz do sol.

Rosa cerrou os punhos e chamou por Neve.

Nenhuma resposta, apenas um eco.

Então o Homenzinho apareceu com Neve ao seu lado. Ao vê-lo, a raposa saiu em disparada.

Neve ficou em silêncio, mas seu olhar era fulminante. As pernas não se moviam e os braços estavam fixos junto ao corpo, como os de uma estátua.

"Cansei do jeito rude dela." O Homenzinho suspirou. "Quando eu lhe mostrei isso..." O Homenzinho segurava algo na mão.

Era um relógio muito parecido com o relógio do pai delas. Era *igualzinho* ao relógio dele.

De repente tudo se encaixou na mente de Rosa. Ali estava a resposta pela qual ela ansiava.

"Ladrão!", gritou Rosa. Mesmo sabendo qual seria a resposta, ela gritou: "Onde você conseguiu isso?!".

O Homenzinho começou a ponderar em voz alta, provocando-a.

"O que sua irmã vai ser? Ela me parece um perfeito leitão."

"Prende a respiração, Neve!", berrou Rosa. Rápida como um coelho, ela pegou o primeiro cogumelo João Pestana e o jogou, fazendo-o explodir diante do Homenzinho, que foi envolto por uma fumaça azul.

"Você não devia ter feito isso", disse ele, e sua voz as assustou. "Terrível eu sou."

Quando a fumaça se dissipou, Rosa o viu colocar a mão no ombro de Neve e sussurrar palavras estranhas, um sinistro encantamento.

No mesmo instante, Neve se transformou em um leitão branco, de olhos azuis e focinho cor-de-rosa.

Rosa sentiu como se lhe arrancassem todo o ar do peito. O leitão correu até ela, guinchando. Rosa se ajoelhou e abraçou a trêmula criatura.

"Se não dão, então eu devo tomar", disse o Homenzinho. "Aqueles de quem eu tomo nunca dizem uma palavra."

O leitão chutou uma pequena bolsa de moedas, empurrando-a na direção de Rosa. Ela reconheceu de imediato: as moedas de Ivo. Rosa pensou em todas as criaturas imensas que vagavam pela floresta. E entendeu por que o melro gigante e o peixe prateado monstruoso queriam matar o Homenzinho. Ele era mais do que apenas um ladrão.

"Você!", disse Rosa, levantando-se, furiosa. "Você é a Ameaça da Floresta!"

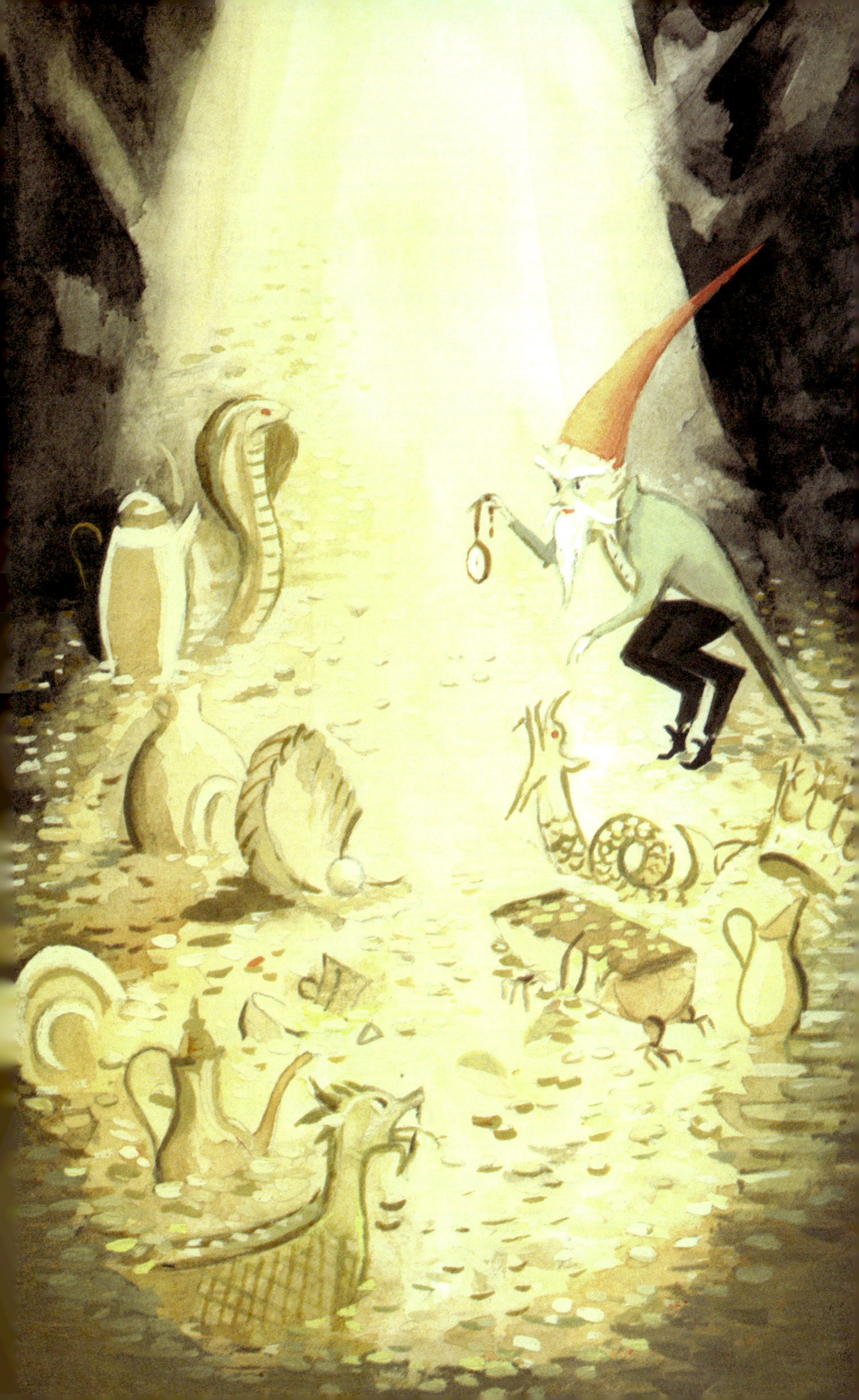

"Eu fiz todos eles." O Homenzinho riu. "E você não vai contar a ninguém." Ele avançou na direção dela. "Só preciso colocar um dedo em você e dizer as palavras."

Rosa recuou, prendeu a respiração e atirou outro cogumelo, que cobriu de azul tudo em volta do Homenzinho. Mas nada aconteceu com ele, que continuou com os olhos abertos, acordado.

"Por que não funcionam?!", bradou Rosa, frustrada. O leitão caiu a seus pés, com um baque.

O Homenzinho riu.

"Nada que a floresta fez pode me prejudicar."

"Mas se você pode transformar uma coisa em outra, por que não pode transformar *qualquer coisa que quiser* em ouro?" Rosa tateou dentro da bolsa. Precisava distraí--lo. "Por que você tem que roubar? E machucar aqueles de quem você rouba?"

"Eu trabalho com sangue e ossos e madeira e verde", disse o Homenzinho, com brilho nos olhos de gato. E foi fazendo Rosa recuar pelo túnel escuro adentro, longe do leitão adormecido e do tesouro. "Tudo que cresce. Se você plantar uma moeda, ela não cresce." Ele agarrou o relógio do pai dela. "As coisas precisam ser tomadas."

O Homenzinho atirou-se para cima dela.

Mas Rosa estava preparada. Ela riscou um fósforo e o segurou diante de si, um escudo bruxuleante. O Homenzinho recuou de medo.

O fósforo queimou até chegar aos dedos dela e se apagou. O Homenzinho saltou mais uma vez, mas ela acendeu outro fósforo. Rosa caminhou para trás no escuro, o coração batendo forte no peito. Ela observou o Homenzinho através da chama enquanto o segundo fósforo se reduzia a nada. Agora restava apenas um.

Rosa acendeu o último fósforo e sentiu um aperto no peito depois que ele queimou até apagar. Ela deixou o fogo atingir seus dedos antes de virar fumaça no escuro do túnel. Naquele momento Rosa só tinha mais uma coisa para se defender.

Os dois ficaram se encarando, os olhos de Rosa fixos nos da criatura que ela não conseguia entender, que desafiava toda a razão.

Então ela enxugou as lágrimas na manga e pegou a faca do pai na bolsa.

"Ah, o que é isso, menina... Seja razoável", disse o Homenzinho, com uma falsa polidez na voz.

Rosa levou a faca contra o peito dele.

"Não vejo por que devo ser razoável."

"Você não ousaria, criança", disse o Homenzinho, rindo do medo dela.

"Não?", ameaçou Rosa, com a faca tremendo na mão.

Então a boca da caverna se abriu, e algumas rochas tremeram e desabaram. A luz inundou a caverna e uma sombra apareceu.

CAPÍTULO 19

A volta do urso

Como uma cadeia de montanhas sombrias que ganha vida, a sombra do urso se ergueu.

Rosa o viu, e seu coração deu um pulo.

O urso soltou um grunhido baixo e ameaçador. O chão tremeu, e as paredes da caverna balançaram. O medo tomou conta do rosto do Homenzinho quando ele se virou para ver o que estava acontecendo, mas ela continuou segurando a faca com firmeza. O urso avançou na direção deles.

O Homenzinho pulou e arrancou a faca da mão dela, então a empunhou contra o urso.

O urso urrou, e o estrondo que se seguiu fez o Homenzinho cair para trás. Os montes de ouro atrás deles começaram a desmoronar, todos os tesouros de cem anos de roubo, tudo tirado de quem andava pela floresta e não voltava mais para casa.

O Homenzinho correu até o ouro, enchendo freneticamente os bolsos de joias e agarrando moedas para tentar escapar com um pouco de sua fortuna. As paredes de pedra da caverna estremeceram ao redor deles.

Rosa agarrou o leitão branco, erguendo o peso do animal sonolento nos braços, e saiu cambaleando em direção à entrada da caverna enquanto o urso se erguia atrás dela, um gigante feroz e protetor. As garras dele rasgavam o ar, os dentes brilhavam.

Então o urso deu um último urro.

Rosa correu em direção à luz da entrada que o urso havia aberto à força. Ela viu a raposa lá fora, observando por entre as árvores. Ouviu um som de metal retinindo atrás dela, o som de moedas e outros objetos de ouro caindo.

O urso saiu apressado, logo atrás dela. Já a salvo lá fora, eles viraram bem a tempo de ver o desmoronamento final, como um diorama em uma pequena caixa. O Homenzinho agarrava o ouro, que se derramava de suas mãos. Não abandonaria os tesouros nem mesmo com a caverna toda estremecendo à sua volta. As próprias paredes começaram a ruir, tudo caindo e desabando, e os escombros bloquearam a entrada da caverna. Pouco antes disso, Rosa viu o que aconteceu com o Homenzinho.

Ele foi soterrado pela avalanche da montanha de coisas que roubara.

Nesse momento, o urso emitiu um ruído que parecia um grande suspiro e desabou a alguns metros de distância. Mas Rosa tinha de cuidar de Neve.

Ela deitou o leitão no musgo macio e nas folhas do chão, e ele começou a despertar. Ele piscou os pálidos olhos azuis e algo começou a acontecer.

O leitão voltou a ser Neve. O encantamento do Homenzinho foi quebrado.

Rosa abraçou a irmã com toda a força. De algum lugar dentro do abraço, Neve resmungou, e Rosa soube que era de fato sua irmã.

As meninas ouviram a respiração ofegante do urso em meio ao silêncio e correram logo para o lado dele, mas ele estava muito fraco, como jamais o tinham visto antes.

Rosa passou os braços em volta do pescoço do urso, e Neve encostou o ouvido no peito dele para ouvir o coração. Mas enquanto elas estavam agarradas ao pelo dele, o corpo do urso, antes robusto, começou a ceder sob os braços delas. Elas foram sentindo o urso encolher, minguar, até parecer que tinham passado os braços em torno de um velho casaco de pele.

Quando o pelo se desfez, as duas fecharam os olhos. Estavam com medo de abri-los, com medo de ver o que restava.

Mas então ouviram uma voz, a voz de um fantasma dizendo: "Minha primeira e única Neve. Minha primeira e única Rosa."

As meninas abriram os olhos e lá estava o pai delas, são e salvo, como se o tempo não tivesse passado.

"Vocês me amaram mesmo eu sendo uma fera", disse ele, seus olhos gentis como os do urso. "Na solidão desse feitiço, o amor de vocês me fortaleceu." Então ele as tomou entre os braços.

Depois de ouvir as palavras do pai, Rosa já foi emendando: "Era você! Mas por que você deixou a cabana?"

O pai baixou os olhos e pôs o cabelo de Rosa atrás da orelha. "Eu não podia mais ficar com vocês, não daquele jeito."

"Mas como você nos encontrou de novo?", questionou Neve, segurando as mãos do pai.

"A raposa me trouxe", disse ele, olhando em volta, mas não encontrando o que seus olhos procuravam. "Ela estava aqui agora mesmo..."

Atrás do pai, as garotas viram não uma raposa crescida, mas Ivo correndo por entre as árvores com suas pernas finas.

"A raposa era o Ivo!", explicou Rosa, sorrindo para o pai. As meninas o chamaram, e Ivo por um instante olhou para trás, mas elas sabiam que ele não podia ficar. Ele sorriu e acenou, triunfante, antes de sair depressa na direção de sua casa. Rosa desejou que a família dele já estivesse na casa subterrânea, de volta do mercado.

"E você comeu a Douradinha Segunda...", repreendeu Neve, balançando a cabeça.

O pai delas deu de ombros e sorriu como quem pede desculpas. Neve riu e estendeu a mão para bagunçar o cabelo dele.

Mas Rosa só o olhou, infinitamente grata por estar errada. Ela tocou o rosto do pai, quente e familiar sob seus dedos, envolvendo-o nas mãos como se ele pudesse desaparecer a qualquer minuto. O três ficaram assim por alguns instantes, a última luz do dia passando por entre as árvores e chegando quente até eles.

"É hora de ir para casa."

O pai as abraçou, Neve de um lado, Rosa do outro, mantendo-as bem perto de si enquanto caminhavam. Nesse instante, Rosa notou que o pai ainda mancava um pouco.

Os três estavam tão tontos de felicidade que mal notaram os demais. Ao redor deles, a floresta estava cheia de pessoas que também haviam desaparecido e que tinham se transformado de volta.

O feitiço que as mantinha cativas se quebrara, e todos se transformaram de pássaros e feras nas pessoas que eram antes. Todos que a floresta tomara, pais, filhos, mães e filhas... Ela agora os devolvia.

Um sentimento de festa se espalhou pela floresta quando tudo voltou ao normal, e as pessoas recuperaram suas vozes, esquecidas havia muito tempo. Pequenas luzes brilhantes dançavam no ar, serpenteando por entre as folhas tenras. Dezenas de pés tomaram dezenas de caminhos diferentes, mas cada coração batia com as mesmas cinco palavras: *Você está indo para casa.*

No caminho de casa, Neve e Rosa viram a mãe. Ela correu até eles, tão maravilhada que não conseguiu falar. Então três se tornaram quatro. Enquanto caminhavam pelas árvores, sob galhos vitoriosos, eles se abraçavam forte, sentindo-se completos de novo.

E o final dessa história é o começo de uma história bem diferente...

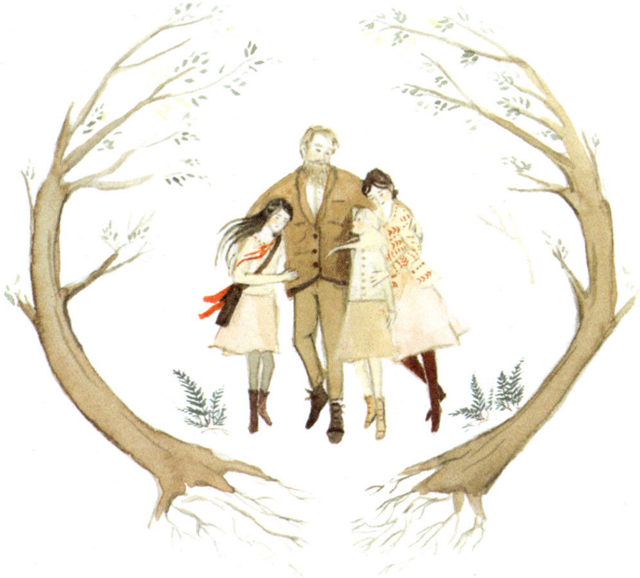

Esboços

Os cogumelos do Ivo

Neve e o cisne no jardim

A bolsa de Rosa

A bússola de Rosa

A Bibliotecária

A raposa

Agradecimentos

A Mallory, por encontrar o caminho dentro e fora da trilha que passa direto pelo meu coração.

A Brenda, amada B.B., sempre firme, gentil e cheia de luz.

A Nicole, pela linda habilidade em tecer essas palavras e imagens (e pelo amor dedicado ao verdadeiro Gengibre).

A Jenna, fada da floresta da mais alta ordem, e a Caroline, que viu este livro bem no começo.

A Barbara, Amy, Michelle e a todos da Random House, por todas as coisas que transformam um livro em realidade.

A minha família e amigos (a todos vocês, por tudo).

E a Josiah, que me faz corajosa e feliz na floresta escura e distante.

Emily Winfield Martin é apaixonada por contos de fadas. O conto original *Branca de Neve e Rosa Vermelha*, dos Irmãos Grimm, a encantou e a assombrou a vida inteira. Ela é pintora de coisas reais e imaginárias e autora e ilustradora de livros como *As Maravilhas que Você Vai Ser, Um Presente para Você, Dream Animals, Day Dreamers* e *The Littlest Family's Big Day*. Mora entre as árvores gigantes do Oregon, nos Estados Unidos, e, se você precisar dela, pode procurá-la no coração da floresta.

DARKLOVE.

"Contos de fadas são verdadeiros;
não porque nos dizem que dragões existem,
mas porque nos dizem que dragões
podem ser derrotados."
— Neil Gaiman —

DARKSIDEBOOKS.COM